〈布可小姐〉

著

孤独有你

/人与宠物，谁更寂寞/

中国华侨出版社

 序

宠物,是人类医治孤独的药。

杜拉斯说:"没有孤独,就没有作品。"
我的作品不多,但明白那种感受。
一个人在黑夜里,从潮湿的胸口里掏出每一个字,挂在屏幕上。
看着它们慢慢干掉,呈现出一种陌生的面貌,再轻轻读出来,嗯,它们竟然来自我的身体。

人类的本能是对抗孤独的。
人们试图用爱情驱逐它,却发现爱情就是孤独的另一个变种。
人们希望用亲情消解它,却终于明白,生命原是一场渐行渐远的目送。
于是人类发明了宠物,作为医治孤独的药。
它们来自大自然,却无法回到大自然中自然生长,只能紧紧依偎在你身边。

关于宠物的故事，有多温暖，就有多悲伤。

不同的生命周期，使它们注定不能陪伴我们一生。

它们不是任何一个人的全部，但小小的身体传递的温度，却比一生的情义还要长。

人与宠物，他们或许从来没有读懂彼此，而是在彼此身上投射了另一个自己。

而因为注定失去，所以能够记起的每分每秒，都是温暖和快乐。

主人的世界，像天地一样悠长，自己只是那漫长光阴中的一小部分。

紧紧依赖他，直到向世界挥手告别，是它们最好的宿命。

所以，人与宠物，究竟哪一个更加寂寞？

我将听到看到的故事记录下来，送给宠物的主人做礼物，也送给你。

如果你已经失去了它，就让那些被治愈的时光，缓缓翻开，成为生命里的纪念。

如果你的身边正好有它陪伴，那么记得善待它，因为许久之后，你会深刻地意识到，它就是另一个你自己。

目录
Contents

第 1 话

003　硝烟沉醉的往事
016　来不及说再见
024　最佳搭档
032　我们仨
046　在最初里遇见你

第 2 话

057　我不能保证，我们永远不分离
066　飞翔吧
073　爱屋及乌

081　那些年被毁掉的自拍

088　飓风

095　被依赖的幸福

第3话

107　没头脑和不高兴

115　最美的旅行

123　阳阳奇遇记

130　最后一分钟

137　欢喜冤家

第4话

147　苏琴琴和她的书香岁月

154　你还有我

160　如果注定悲伤

169　趁一切还来得及

176　迟到的眼泪

第 5 话

185　回忆是孤独的使者
193　你是我的初心
202　亮晶晶组合

第 6 话

209　最好的时光
215　是的，"护士小姐"
222　通心术
231　孤独遥望
238　夏天的陪伴

后　记

第 1 话

第1话

硝烟沉醉的往事

丹妮是双鱼女。

大龄，未婚，爱哭的双鱼女。

她坐在算命先生面前，歪着头看他写写画画。

烟雾缭绕中，见他摇了摇头，说："你的心里还是不确定。如果明年 4 月不结婚，你还要再等上 4 年。"

她没有表情，淡淡"哦"了一声。

出了门，母亲刚要张口唠叨。她急忙说："妈，跟客户见面要迟到了，我得马上走了。"

其实她要去找小金，他们说好要养一只比熊。

电话里跟老板预约的那只比熊，睡得香甜。

丹妮小心翼翼用手指捅了捅它，它抬起眼皮看了一下，居然又呼呼睡去。

小金强忍着笑："都说狗的性格像主人，我看它就跟你一样懒。"

丹妮忍不住白了他一眼，视线被角落里的另一团白色吸引。

那是一只白色的泰迪，直立着抓着笼子，向她大叫，还欢快地摇着尾巴,丹妮觉得,那分明就是在召唤自己。

走过去,小东西更加亢奋,各种殷勤。

小金不禁皱了皱眉:"太吵了。"

丹妮伸手逗它,它立刻舔她的手指。

它像是刚剪过毛,有点短,眼角有浅浅的泪痕,耳尖和尾巴尖的毛有一点浅黄。

"我决定要这只了,你看,它在召唤我,或许命中注定就是在等待我。"

小金狐疑地看着丹妮:"你确定吗?"

"确定。"

"可是它的品种纯吗?我记得泰迪一般都是深色的。"

"无所谓,我不在意。"

"好,你高兴就好。"

"人拉拢到了狗这样勇敢而驯良的兽类,等于获得了新的感官,等于获得了我们所缺乏的技能。"200多年前,法国博物学者布丰在写下《动物肖像》时写下了这句话。

她从来没有养过泰迪。

养了才发现,那么小小的一只,看起来萌萌的,居然经常变身淘气鬼,在每个地方拱来拱去。

YOYO是它自己选的名字。

原本丹妮想要起个有个性的名字,当然得是她喜欢的事物,比如金子,或者麦旋风。

第 1 话

但 YOYO 不喜欢，喊它也没反应。

YOYO 是小金起的名字，他随意说了句，"YOYO，到爸爸这里来"，它居然就摇着尾巴跟了过去。气得丹妮直咬牙，撕了自己写满名字的那一页纸。

最后，丹妮只得接受了这个名字。

丹妮和小金，将 YOYO 视为自己的儿子。除了上班，其他时间都带在身边，包括晚上出去跟朋友聚会。

他们甚至允许 YOYO 晚上跟他们睡在床上。

它喜欢睡在他们头顶，在夜里发出均匀的呼噜声。

母亲始终记得算命先生那句耸人听闻的话，时不时地催促丹妮结婚。

老太太特别迷信，可是丹妮不相信。

和小金分手的那天，丹妮强忍着没有哭。

YOYO 缩在脚边，却发出了呜呜的声音。

小金拉着行李箱走出门口的时候，红着眼睛说："照顾好我们的狗。"

母亲诚惶诚恐，觉得算命大师的话成了预言，像是天塌了一般。

丹妮安慰她："我们尽力了，或许是缘分不够吧。"

大龄剩女的生活是寂寞无声的。下班后每个人都回归自己的家庭，她觉得自己仿佛被世界遗忘了。

还好她有YOYO。

下班后，她为自己做饭，也为它准备晚餐。

没有聚会的每个夜晚，她开着电脑，抱着零食，一集一集快进着各种电视剧，看到煽情的地方就大哭。

它在地上乐此不疲地戏弄那几只玩具熊，丹妮哭的时候它会停下来瞧瞧，随后继续玩。

它与她，在寂寞生活里紧紧相依。

在朋友眼中，丹妮爽朗大方，是最不像双鱼座的双鱼座。每个人都怀疑她其实是白羊座。

丹妮的脆弱只留给自己。

单身的日子里，丹妮对YOYO的依赖更深了一步。

她经常会在短暂的午休时间，特意开车回家看一眼。

她甚至想要装一套监控设备，想要在想念它的每时每刻，都看到它在干什么。

她担心YOYO哪一天会不小心走失，她无法想象那个小小的身躯，在街角狂奔无助的样子。

她写了一封信，放在YOYO的衣服里。告诉捡到的人，这是一只多么可爱的狗，如果不能将它还给她，也请他一定要善待它。

它喜欢吃什么，有哪些坏毛病，哪些习惯，她都写在信上。

写的时候，她的泪水滴在信纸上，好像真的失去了它。

第 1 话

四

遇到夏天的那一天,丹妮没化妆,满头大汗。

夏天是个男生,狮子座,职业赛车手。

她一手拎着包包,一手抱着YOYO,试图用膝盖顶开病房的门。这时候夏天忽然在里面拉开门,害她差点没摔了一跤。

YOYO向着他大喊大叫。

丹妮连忙安抚它:"儿子别叫,这里是病房,叔叔阿姨们需要休息。"

夏天皱着眉头:"这里不可以带宠物。"

丹妮瞪了他一眼:"医院又不是你家开的。"

这是丹妮和夏天的第一次见面,没那么友好。

丹妮去看望自己好朋友李佳玉,李佳玉是一个护士。而夏天,在照顾自己的奶奶。

当李佳玉试图说服丹妮和夏天试着发展时,丹妮一口回绝了。

"哼,那个自大男,眼睛好像长在头顶上。更重要的是,我的狗不喜欢他。"

李佳玉说:"可是他真的是个好男生,我在医院工作这么久,从没见过这个年纪的男生,每天陪伴和照顾自己生病的奶奶。这样的男人,一定很有责任感。"

当李佳玉试图说服夏天时,夏天的眼睛闪烁了一下。

"喔,那个女孩,倒是不做作。可是她的狗太吵了。"

李佳玉说:"可是她无微不至照顾她的狗,说明她有爱心,而且重感情。况且,与它相互依赖,只是因为害怕孤单。"

夏天加了丹妮的微信。

三天没说话。第四天发来一大段信息。

"我是夏天,赛车手,但在赛道之外不开快车。我工薪家庭,父母开明,有车,需要按揭买房。没有任职任何公司,在自己创业。我喜欢真实开朗的女生,身高165左右,你看起来应该不到。但是也没关系,我们可以了解试试看。

"我有点直接,但是我觉得这是我的真诚。你如果觉得我可以,咱们可以先从朋友做起。"

"这人太搞笑了。"

丹妮用力按掉了微信,对YOYO说。

一个小时后,夏天的手机震动了一下。

"我是丹妮,身高只有160。在公司上班,普通职员,家境跟你一样。你发的微信让我很不爽,不过做朋友也没什么了不起,试试就试试。"

有一种爱情,叫渐入佳境。

开始时,丹妮觉得夏天是个自大狂。接触下来,发现这是狮子座的特殊属性。

私下里,他时而像个孩子,打打闹闹,时而像个管家婆,还会

第1话

给她洗衣服，打扫 YOYO 那漫天飞舞的狗毛。

开始时，丹妮不太理解，为什么他要花钱在一台看起来不怎么起眼的车上，改装费用甚至大大超过了车辆本身的价格。

后来也慢慢明白，那是他喜欢做并乐于钻研的事。而一个男人，最帅的时候就是这样的。

只是，只是，夏天和 YOYO 似乎水火不容。

夏天的脾气不差。但只有面对 YOYO 的时候，会变得异常暴躁。
他会在半夜忽然坐起来，将爬上他头顶的 YOYO 扔下床去。
还会在 YOYO 对着玩具熊啃的时候，将玩具熊踢走。
也会在每次朋友聚会的时候，像个孩子一样对丹妮说："我和狗，你只能带一样，你选吧。"
丹妮很生气，很生气。
但是，但是，她每次都选了夏天。
于是她经常在各种聚会上出神，心里想象着 YOYO 孤单的样子，内疚得挤不出一丝笑容。

丹妮觉得，YOYO 是那么可爱的一只狗。
通过慢慢地相处，夏天也一定会喜欢上它。
可是她想错了。
YOYO 仿佛看出这个男人对自己的敌意，展开了疯狂的报复。
比如它会专门将衣柜里夏天的衣服撕咬出来，散落一地。
比如它会将鞋柜打开，在夏天的鞋里撒尿。
甚至它会在夏天和丹妮陶醉在二人世界里的时候，假装生病。

咿咿呀呀地在地上打滚。

丹妮每一次都会急得将它抱在怀里,而它则对夏天露出胜利的微笑。

人与狗的战争,时时上演。
终于有一天,夏天发飙了。
他打了YOYO。

丹妮回到家的时候,就发觉了不对劲。
夏天在闪躲她的眼神,而YOYO,没有像往常那样,飞奔到门口去迎接她。

"YOYO!"
屋子里没有一丝声响,是可怕的寂静。
丹妮的脑袋嗡了一声,她没有穿鞋,疯狂地跑进屋内,到处寻找那个白色的小肉团。
没有结果。
她慌了,眼泪奔流出来。她对着夏天大喊:"你还是人吗?它只是一条小狗,一条小狗,为什么容不下它!"
夏天像是做错了事,说话有些结巴:"对,对不起,我只是一时生气。"

"夏天,我们分手吧。"
"为什么?只是因为它吗?"

"是的,就是因为它。你连一条小狗都容不下,我不敢相信你是个有爱的人。你走吧,我不想看见你。"

夏天的眼圈红了红。一声不吭,转身推门而出。

丹妮大哭了起来。

她继续搜寻屋子里的每一个角落,阳台上,窗帘后,橱柜里……最后,在马桶背后的小空隙里,发现了战战兢兢的YOYO。

它缩成一团,在那个角落里一声不出。白色的毛与马桶颜色相近,所以一直没有被留意到。

丹妮将YOYO抱在怀里,安慰地抚摸它的后背。

泪水不停流下来,打湿在YOYO的身上。

丹妮这才想起,自己已经很久没有哭了,遇见夏天后,她被爱护着,忘记了忧伤是什么。

可是她人自私了,贪恋那一份温暖,却让YOYO总是受委屈。她是个不合格的主人,是活该孤独的可怜虫。

YOYO抬起头,望着丹妮,那一刻,丹妮觉得它黑黑圆圆的眼珠里都是关爱。

它跳下来,开始转圈圈,这是它逗丹妮开心的游戏。

丹妮刚刚收起的泪水,再次决堤。

生活转了个弯,再次回到原来的轨道上。

丹妮向YOYO保证,以后的男朋友第一个交给它面试。

孤独有你

不，她不打算交男朋友了，跟YOYO相伴的日子，也挺好的。

其实，丹妮想念夏天。

除了对YOYO的敌意，夏天对她很好。
这种细致入微的照顾，在分手后，尤其让她时时记起。
那天走后，夏天在丹妮上班的时候，回来收拾带走了自己的衣物。给丹妮发了一条微信："真的对不起，我不是有意的。"

想念夏天的时候，丹妮会打开这条微信，傻傻看上一会儿。
刷一刷朋友圈，除了转发几篇鸡汤，没有什么新动态。
后来有一天，她忽然想起夏天好像还有微博。提起这事的时候，她还嘲笑过他，玩过时的东西。

打开夏天的微博，丹妮再次泪奔了。

我爱上一个女孩。
爱她化妆的样子，也爱她不化妆的样子。
爱她大呼小叫的样子，也爱她安静的样子。
总之，认识她以后，我再也不想认识别的女孩。

我喜欢欺负她，也喜欢照顾她。
我喜欢欺负她的狗，呃……也被她的狗欺负。

其实，我并不是不喜欢她的狗。

第 1 话

只是我克服不了忌妒。

YOYO 很可爱,对她很重要。
可它是她和别人的"儿子"。
他们曾像是三口之家,其乐融融。
这一点,让我想到就不爽。

我知道我是个小气鬼。
可是我克制不了。
所以我干脆不说原因,就是摆明了与它作对。

其实,我龌龊的私心,只是希望她或许可以把狗狗送人,让我感受不到那段爱情的余温。

我从没有想过要伤害 YOYO。可是,我把一切都搞砸了。
它再次尿了我的鞋,我气得跳脚。
刷完了鞋,发现它还在继续淘气,躲在阳台里钻杂物箱,弄得到处都是。
我去抓它回来,却发现它叼着一张照片津津有味地啃着。
照片上,他们"一家三口"的笑容那样明媚。

那一刻,我的血液在沸腾。
接着,我做了让我无比后悔的一件事。

我想对丹妮说对不起,我曾发誓要保护她,却让她因我而流泪。

我想对YOYO说对不起，我喜欢你，只是不喜欢你带着情敌的影子。

可是，我已经没有资格对他们说什么。

我没有胸襟，所以不值得拥有爱情。

或许，这是我应得的惩罚。

夏天看见丹妮的时候，有些震惊。

他刚刚走下赛道，尴尬地摸着几天没刮的胡子，"你……怎么来了？"

"我来请你吃饭，听你向我道歉。"

这是夏天听过的，最动听的情话。

阳光下，他看到丹妮的睫毛忽闪忽闪，很想伸手拥抱她。

结婚典礼上，丹妮的母亲抱着YOYO，笑得满场飞。

"对，女婿是位赛车手，特别能干，还在经营自己的车行。"

"那当然，我告诉你，我早就说过那个算命先生不准，话都乱说的。"

YOYO带着领结，穿着西服，成了交际高手。

很多女孩抢着和它合影，风头险些盖过了新郎。

不过，丹妮最担心的还不是这个。

在台上，夏天感谢了很多人。

最后，他提到了YOYO。

他说，要真心感谢这个小不点，陪伴丹妮走过了生活的低谷，给她温暖和快乐，直到自己有机会参与和融入她的人生。

原本的流程中，没有这一段。于是和丹妮一样感到意外的，还有满头大汗的摄像大哥。

摄像大哥慌忙将摄像机对向观众席，搜寻着目标。

夏天调侃："哥们儿，给你点时间，找到跟我同款的领结，你就找到了它。"

接着，镜头一晃，大屏幕上出现了那个熟悉的领结，和一团白色。

只是，此时这个淘气鬼已经得意扬扬扑在了T台旁边的婚礼熊身上。

哄笑声中，YOYO的风头再次成功盖过新郎，成为全场焦点。

夏天含笑转头望向丹妮。

亲爱的，我终于想到了，是时候给YOYO找一个女朋友了。

最好，还能把它倒插门嫁出去。

啊……

老婆别踩，这皮鞋挺贵。

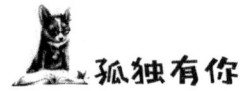 孤独有你

来不及说再见

街边的老树开了新芽,树下棋摊,几个老人吵吵闹闹。

李爷爷有些着急:"这可就是你的不对了,哪有悔棋的?"

坐在他对面的张爷爷辩解道:"我明明记着,我没放在这儿……"

"你是看要输了,想要无赖吧。"

李爷爷正要说下去,李奶奶的电话就闯了进来:"饭做好了,什么时候回来啊?"

"这就回,这就回。"

李爷爷与大欢相遇就发生在这一天。

回家的路上,角落里的"呜呜"声引起了他的注意。

走近一瞧,原来是一只小京巴,还是只小奶狗,没个盘子大,身上粉粉嫩嫩的,附着层白白的绒毛,灰色的眼睛半睁半闭。小家伙嗷嗷地叫着,晃晃悠悠,站都站不稳。

李爷爷看着可怜,擅自做主把它带回家,藏在卧室里。

吃饭的时候,李爷爷东扯西扯,总是想方设法引诱李奶奶聊聊宠物的话题。在一起生活了大半辈子,李奶奶看了看李爷爷,停下筷子,等着他的下文。

李爷爷嬉皮笑脸地说:"这不是孩子们都在外边。我出去下棋,

怕你自己没意思嘛。"

他喝了口酒，咂咂嘴："咱们养只狗？"

李奶奶微微一笑，刚想说好，随即又担心地说："你有哮喘，还想养狗，这可不是小事啊，犯病了怎么办。"

他笑嘻嘻地说："没事没事，生米已经煮成熟饭啦。"

小心翼翼地从屋里捧出了大欢，他眉飞色舞地向李奶奶介绍捡到大欢的经过。

"你的哮喘怎么办？"李奶奶担忧地皱眉，"要不还是送走吧，我们可以经常去看它。"

李爷爷一听，胡子翘得老高："它那么小，给它送到哪儿去？"

这个倔老头，从年轻时就这样。李奶奶无话可说，默认了小京巴的存在。

看着小狗虎头虎脑的模样，李爷爷当即决定，为它取名"大欢"。

大欢渐渐长大，两人一狗，生活过得有滋有味。

大欢4岁了，李爷爷对它如孩子一般。

大欢也好像与李爷爷神思相通，格外听他的话。

李奶奶偶尔看不惯，吃醋地对李爷爷说："对它比对我都好，以后不给你做饭了，让你俩都饿着。"

每当这时，李爷爷就笑呵呵对大欢说："你奶奶又说胡话啦，她才舍不得咱们爷俩儿饿着肚子呢。"

李奶奶无可奈何，只能转身进了厨房。

其实，李奶奶也越来越喜欢大欢了。

大欢也经常在饭点，跟着她忙进忙出。

李奶奶偶尔回过头，喂它口肉吃。

大欢总是一口把肉塞在嘴里，左边牙咬咬，右边牙咬咬，往外吐吐接着咬。

吃完了，晃着尾巴，迈着欢快的小碎步，又去李奶奶那讨吃的。

大欢跟其他的宠物狗不一样，俨然成了这家的主人。

家里的任何地方都是它的领土。

四只小短腿，不慌不忙，出了这屋，进那屋。

除了面对李奶奶的时候，它总是面容严肃，左看右看，一副领导视察的模样。

在外也是，跟着李爷爷，从来不叫，也不跑，总是镇定自若的样子。

这天，如往常一样，6点多，李爷爷带着大欢出门遛弯。

路过小卖店，李爷爷一个眼神，大欢立马坐好，开始咽口水。

"好一只馋狗。"

说完李爷爷从钱包里掏出5块钱，买了两根香肠。

大欢开始狼吞虎咽。

等大欢吃完站起来，李爷爷也拍拍裤腿，往家的方向踱步而去。

可这次大欢没有跟上。

它挺着肚子，歪着脑袋，看看钱包，又看看李爷爷的方向。

过了一会儿，它叼起钱包，往李爷爷的方向晃悠悠地走去。

第 1 话

三

　　李爷爷出事的电话是半小时之后,医院打来的。

　　李奶奶面色沉重地来到医院,还是没看见李爷爷的最后一面。

　　"老人是突发哮喘,引发的心脏病,被人送到医院时已经晚了。您赶紧给儿女打个电话,叫回来吧。"

　　李奶奶呆呆地听着,不知所措,"嗯"了一声,坐在医院的走廊里。

　　颤颤巍巍的手指,一个个拨通了儿女的电话。

　　儿女们听到消息都很震惊,马上从四面八方汇集到这个小城。

　　离别,近在咫尺。而我,并不怕和你一起变老,却只怕你会先离开。

　　办手续、设灵堂、联系殡仪馆……一连几天,李奶奶都没有在儿女面前掉泪。

　　唯有出殡那天,在墓园,看着李爷爷的墓碑,她再也忍不住了。

　　"你怎么忍心,扔下我一个……"

　　"不是说好了么,我先走的。"

　　李奶奶哭诉着,叫着李爷爷的名字。

　　她的头发早已凌乱,身上满是灰尘,哭得跌坐在地上。

　　"妈,你别这样。"

　　儿女把李奶奶搀扶起来,但仍止不住她的眼泪。

　　她哭着摩挲着墓碑,擦去上面的灰尘,打扫干净墓室,摆进去几样李爷爷生前的心爱之物,还塞了厚厚一大叠纸钱。

　　最后,颤抖着把李爷爷的骨灰盒放进去,哽咽着说:"别舍不得花。"

　　她将几样下酒菜、糕点整齐地摆在墓碑前,洒下一杯酒。

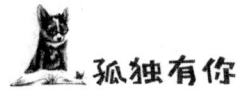

李奶奶动作慢得仿佛时间都静止了。

处理完一切冰冷的手续,李奶奶又把李爷爷的事情交代了一遍,便劝儿女们回去工作。

儿女想把她接过去同住,李奶奶不同意,儿女又说请保姆来伺候,她还是态度坚决地不同意。

她连连称自己没事,让儿女放心。

儿女拗不过李奶奶,只能怀着担心和顾虑再次踏上远离家乡的路途。

家里一下就清静了,太过于清静了。

大欢对最近发生的事,好似有所感触。

它不再像前几日一样,到处寻李爷爷的踪影,也不再气派十足地跟着李奶奶到处走。

它总是趴在自己的窝里,小短手搭在李爷爷的一只鞋子上,眼神落寞。

几天后,有人敲门,还伴有咳嗽声。

大欢以从没有过的速度,噌地一下就跳了起来,跑到门边开始叫唤。

李奶奶开门一看,是楼上的赵奶奶。

大欢跟着赵奶奶,转着圈,眼睛睁得大大的,好像在找什么。

赵奶奶心里明白,眼圈不禁红了,安抚地拍拍它。

两个奶奶聚在一起,说着话,流着泪,讲那些久远的故事。

第 1 话

"也不知道劝你啥,我老伴也离开得早。有啥话就跟我说说,别憋着。"

"有啥说的,人都没了。就是总想起以前。"

李奶奶抹抹泪:"经人介绍的,第一眼就相不中,没想到能一起过这么些年。"

"都是命啊。"

"生了小乐以后,我身体一直不好,没想到是他先走。"

"你走了,伤心的就轮到他了。你忍心?"

赵奶奶拉着她的手,一边拍着一边说:"这都是命,人就该认命啊。"

正到伤心处,李奶奶又看到大欢,忽然无法抑制的悲伤和愤怒一同涌了出来。

她动作一顿一停地脱下鞋,拿起来,弯下腰,抽了两下大欢。

边打边痛恨地说:"都怪你,都怪你,要不是为了着急回去找你……"

大欢呜咽着,缩着脑袋,夹着尾巴,身上抖着,眼中流露出惊恐。

它躲开又过来,过来又躲开。

李奶奶声泪俱下,气坏了,也心疼坏了,跪在地上,想要伸手摸摸大欢,但手只停在了半空中,痛哭流涕。

赵奶奶拉着她,扶起来。

"这也不怪它,都是命。它死了,老李也回不来。"

大欢继续呜咽着,眼泪顺着毛发滴了下来。

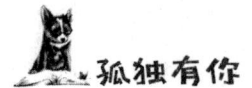

李奶奶病倒了,人一下子瘦了两圈。

女儿天天劝,也不见效果。

请假期限到了,临走时母女聊天。

李奶奶终于说出了她的顾虑:"住了50年,舍不得离开这个家,也舍不得你爸。"

女儿走了,照顾李奶奶的责任落到了大欢的身上。

早上,它会轻手轻脚用头顶开屋门,在角落里注视李奶奶的一举一动。

中午和晚上,它会想办法把客厅里的药叼来,用鼻子顶到李奶奶的面前,还会冲着饮水机叫唤。

看到李奶奶吃过饭、吃过药,才无精打采地回到窝里继续趴着。

有时候,李奶奶不爱吃饭,到了饭点,还是躺在床上,一动不动的,看着天花板发呆。

它会叼叼她的鞋,然后把厨房里的菜叼来,放在鞋边,叫上一声。

可是李奶奶还是愁眉不展。她常常一个人念叨着:"好好的一个人怎么就没了。"

李奶奶情绪好转,已是李爷爷离开半年之后。

这时的大欢已经没有了原来的样子。瘦得皮包骨,没了大肚子,也脏了许多。原本白色的毛发,变得发灰发黑,许多地方还打了结。

身上左一块右一块地红肿着,结了痂,很是显眼。它的眼角通

第 1 话

红，眼泪早已把眼边的毛糊成了一片。看起来，就像一只流浪狗，早就没了曾经的活灵活现。

这天，李奶奶路过大欢的窝，看见一段黑色东西露出来。

她掏出来一看，是李爷爷的布鞋。

已经变得不成样子，破破的旧旧的，硬硬的瘪瘪的，看来大欢没少搂着、舔着。

李奶奶回头，发现大欢跟着她，就像李爷爷在的时候一样。

她流着泪，抱起大欢。

"欢儿啊，这都是命。"

"就是，我连句话都没说上，老伴儿啊，我对不起你。"

大欢好像听懂了，耸了耸脊梁，伸出舌头，舔着李奶奶脸上的泪。

不知过了多久，李奶奶抚着大欢的毛："咱们不能再这样啦。"

李奶奶给大欢洗了澡，煮了它喜欢吃的骨头。

晚饭后，她带着大欢去散步，只是这一次，她找了根又粗又长的狗绳，拴在大欢的脖子上，也不再给大欢买没营养的香肠了。

其实，李爷爷背着她宠大欢的事，她早就知道。

香肠的味儿隔老远就能闻见。

街边大树下，棋摊儿上，虽然没有了李爷爷的身影，却多了个爱耍无赖的李奶奶。

旁边还蹲了只傲气十足的京巴，李奶奶若是输急了，它第一个冲上去了。

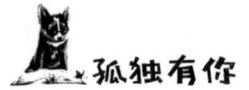

最佳搭档

"别烦我,接着吃你的香肠……别碰我的烟灰缸!……那个是什么声音?停下来!"

张辉从没如此刻这般烦躁过。

他知道为什么他的那只名叫小黑的柴犬正在他身后闹个不停,因为很显然,已经到了遛狗的时间。张辉一直是个模范主人,他从来都不会错过遛狗时间,小黑也一向都乖巧听话,从不给他添麻烦。但今天,今天他实在没有心情出门遛狗。

作为一个律师,他遇到了一件让他烦躁不已的案子,这是他从业5年以来第一次遇到的事件。

5年来,张辉也接触过许多大大小小的案子,许多案子平淡无奇,甚至有些可笑。

但此刻,在他桌面上的,这个摆在他眼前的案子却是不同的。

一个醉酒伤人的事件,原告的腿被打成粉碎性骨折,许多目击者声称亲眼看到被告把破碎的酒瓶刺入原告的膝盖。这本来是个简

第 1 话

单的案件,但是事件却因为被告的身份而显得很不寻常。

被告是个19岁的大一学生,为了方便照顾患病的母亲而放弃了原本可以去的重点大学而选择了家附近的普通学校,各方面表现优异,靠自身勤工俭学不但凑够了学费同时还负担起了他和家人的生活费。出现在酒吧也是因为在那里打工。

这样的一个男孩子,怎么会去招惹一个看起来就很不好惹的社会人?

张辉的胸口从没如此刻这样烦闷过。他也不知道当初自己是出于什么心态接下的这个案子。很显然,这案子是赢是输都赚不到多少油水。但在他5年的律师生涯内,他头一次产生了一种极度迫切的欲望,他想要赢。

他听到自己水杯落地的声音,这让他无可奈何地闭上了眼睛。

他听到一个委屈的呜咽声,不需要回头看,他已经能想象出他的柴犬此刻会是个什么表情。

他摇摇头,站起身。

"好吧,好吧……"

他来到柴犬的身旁,无视那个被打碎的水杯,无视周围已经乱糟糟的一切:"我们去散步,小黑。"

"我怎么都不能相信这孩子会是个罪犯。"

张辉牵着狗绳,思绪显然仍旧停留在他的案子里。街头的景色也好,小黑对迎面走过来的贵宾犬的超乎寻常的兴趣也好,这些都没能让他分出心绪。

孤独有你

他的心如同一团乱麻，不仅仅因为这孩子看起来那样无辜，也因为这个案子包含着非常多的疑点。当然表面上看起来这案子已经十分明朗，一个简单的斗殴事件，最好的处理方式是庭外和解，他的当事人需要赔给原告十几万医药费，否则这个孩子就有可能会被判监禁，最后结果不论是被判几个月还是一年半载，这孩子的前途基本上就是毁了。

但要他出十几万的医药费，同样会毁了他。这使得张辉的心感到绞痛，如果他能找到案子的疑点，如果他能为这个孩子洗脱罪名，那么就等于是拯救了一个未来的栋梁，甚至是拯救了一个家庭。

他从没有像此刻这般，感到自己身负使命，他甚至觉得自己5年来的律师生涯就是为了这一刻的。

但如果事情并没有他想得那么简单呢？如果这个孩子真的伤了人呢？

张辉的眉头紧紧拧在了一起，直到来自腿边的纠缠阻止了他的思考。他低下头，看到小黑正用嘴拽着他的裤腿，同时用那双水汪汪的大眼睛望着他，像是在乞求怜悯。他的心上一软，他低下身来，摸了摸小黑的头。

"抱歉小黑，我遇到了一个很棘手的案件，没心情跟你一起玩。"

小黑显得十分伤心，它的头耷拉下来，委屈极了。

这让张辉内心愧疚起来。

他跟小黑并不仅仅是主人和宠物的关系，在生活里，他们更像是一对好朋友。

小黑是只非常聪明的柴犬，曾经有许多次张辉找不到自己的手机,都是靠小黑帮助他找回来的。除了手机,小黑还帮助张辉叼过报纸,帮助他接住从桌子上掉下来的面包,甚至有一次,它还帮张辉找到了一份非常重要的文件。

当然,张辉也为小黑做过许多事情。

比如有一次小黑喜欢上了隔壁街的一条小卷毛,为了让小黑顺利追到卷毛,张辉那阵子几乎每天都带着它在那条街附近打转,甚至还打听到了卷毛最喜欢吃的一种香肠。只不过后来小黑忽然对那条小卷毛失去了兴趣,这场恋情便无疾而终了。

张辉觉得,他跟小黑的关系,就好像福尔摩斯跟华生,至于谁是福尔摩斯他们尚未达成有效的共识。

"你想玩丢树枝吗,小黑?"

小黑立刻开心地绕着他的腿转起了圈圈。显然答案是肯定的。

"好吧!"

张辉带着小黑来到附近的广场,他捡起一根树枝,往远方丢过去,小黑立刻撒开腿过去追。生活仍然在继续,平静而充满幸福。

张辉感到一阵心酸,他的生活的确是平和宁静的,但那个在他案件袋里的男孩子的生活却已经彻底失去了平衡。

当他在这里与小黑开心玩乐的时候,那个男孩子正在忍受别人无法想象的煎熬。

当张辉与小黑回到家中时,已经是晚上 8 点钟。他给小黑准备了食物,然后回到自己的桌案上继续琢磨这个案子。

关于案件的资料他已经看了一遍又一遍,没有任何能帮助他给男孩翻案的线索,他的头痛极了,一份鞭挞着他内心的责任感阻止他去床上休息。

他起身来到冰箱前,从冰箱里取出了两块面包和两片午餐肉,他的头昏昏沉沉的,需要些能量的补充。

他把面包放在烤面包机里,在等待面包烤熟的过程里,小黑不知何时已经来到他的腿边,正在安静地与他一同等待。

随着"叮"的一声,他的面包烤好了,他取出了面包放在盘子里,然后随手夹起一片,递到他腿边。

"等着急了吗,伙计?"张辉笑着问。

小黑一口叼过面包,摇晃着头表达它的满意。

"我该怎么办呢?小黑。"张辉蹲下身来,看着小黑的双眼说,"我不能眼睁睁看着那个孩子就这么被毁了,可是我又无能为力。"

小黑把头靠在他的腿上,轻柔地安慰他。

夜间的整个世界都是温柔和安静的,张辉的房间内此刻静得如同一幅画卷。空气中弥漫着烤面包的香气和从杯子内溢出的咖啡香,时空仿佛静止在了这一瞬间。

张辉用手抚摸着小黑的后背,小黑柔软的毛皮从张辉的指缝中顺从地划过。张辉原本杂乱的心绪也在这一瞬间平静下来。

"我不能放弃,我们不能这样放弃。"

张辉的目光变得坚定了,他像是下定了决心。

"如果真相是他的确有罪,那就只能由他去,但他只要有一丝无辜的可能,我们就不能放弃,对吗小黑?"

小黑配合地哼了一声。张辉知道,这是一个充满鼓舞的回答。

第 1 话

四

张辉回到了书桌旁边,小黑也来到桌角处。在往日的这个时间里,他们都早已趴在床上进入梦乡了,但今夜,他们好似都铆足了精神,没有任何睡意。

他们已经做好了熬通宵的准备,为了挽救一个男孩子的命运。

桌上的案件资料张辉早已经浏览过无数遍,之前他始终没发现有任何值得注意的问题,尽管如此,他仍然决定再浏览一次,找到问题的关键点。而小黑就安静坐在他脚边,用期骥的目光看着他。

"为什么一个打工的男孩子会跟酒吧的客人发生冲突呢?"

张辉继续查看那些当事人的口供。当时客人那边其实有两个人,他们一同去酒吧喝酒,其中一个人因为酒醉而纠缠起正在做服务生的被告,被告被激怒了,跟他们厮打起来,两人中的另一个人被伤得非常严重,被告甚至把一个破碎的酒瓶刺入原告的膝盖。

到底问题在哪里呢?这个案情描述看起来怪怪的,可又说不出关键点在哪里。

小黑这时候跳上了张辉的膝盖,好像也想帮忙分析问题。

张辉无奈地摸了摸小黑的头,"别再给我添乱了小黑,好像你能看懂这些似的。"

小黑显然不怎么服气,它煞有介事地盯着那些资料,那些案情描述和当事人口供,就像是个超级大侦探。

接下来小黑做了一个动作,这看起来是完全无意识的,张辉猜想当时小黑只是对那张纸上的图片比较感兴趣,但不论如何,那个动作决定性般地改变了一切。

它从众多资料里抽出了一张纸。

张辉觉得好笑，他接过那张纸。

"你想让我再看看这个吗？我已经看过它上百遍了。你有什么最新的见解吗？好吧我再看一遍。"

他拿起那张纸，上面是原告口供的一部分，关于为什么明明发生冲突的是被告和原告的同伴，但最后被攻击的却是原告："因为小张喝了很多酒，他连站都站不起来，我必须得保护他，如果我不保护他，他就会被那混蛋打死的。"

这解释看起来很合理，原告作为朋友挺身而出也没什么问题。

张辉的脑子里忽然闪现出一道灵光。

他迅速在所有资料中找到原告朋友的一段口述："我跟吴哥经常去那家酒吧，每次吴哥都痛快地喝到烂醉，没想到这次却……"

张辉终于明白这个案子别扭在哪里了。

一向嗜酒如命，每次去酒吧都会喝个痛快的原告，为什么在伤人事件发生时却好像根本没喝酒？显然当时他们并不是刚刚到达酒吧，因为他的同伴已经醉得开始闹事了。

"我好像明白怎么回事了。"张辉说，一方面他为此感到兴奋，另一方面，深埋在他体内的正义感又让他咬牙切齿。他在小黑的头上轻轻捶了一拳，"小黑，你真是个天才！"

五

　　随着张辉的深入调查，果然被他发现了案情的真相：事实上这完全是一起"碰瓷"事件。

　　那天之前原告的腿已经因另外一起斗殴事件受伤，那个真正打伤他腿的人他惹不起，于是他跟同伴两个人一起去酒吧策划了一起酒吧打斗事件，目的就是为了找个好对付的人讹上一笔。

　　张辉从酒吧那边拿到了原告当天并没有喝酒的证据，同时找到了另一起斗殴事件的目击证据，他把这些证据递上法庭，成功为无辜的被告翻了案。

　　当走出法庭的那一刻，张辉从没有获得过这样几乎让他膨胀的满足感。他知道原来正义真的存在于人间，原来他所做的事情并不是那么毫无意义。

　　原来在某些时候，他真的可以成为一个拯救无辜的英雄。或者，应该说是"他们"。

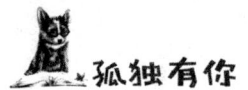

我们仨

蒂娜出生在 8 月,是个狮子女。

一头红色短发,像足了草原上狩猎的狮子。

朋友们都叫她红狮,说等着看哪个高人,能降伏她的桀骜不驯。

这一天,没有太久。

和许多女孩一样,蒂娜喜欢新潮和时尚。

夜晚更是愿意流连在酒吧,听着夜夜笙歌,哭诉着没人爱的寂寞。

那天的晚上,如往常一样。她顶着一头红发,坐在灯光晦暗的酒吧里,魅力十足。

大卫一眼就看到了她,那一簇红色像火焰,燃起了他的眼神,沸腾了他的血液。他双脚灌铅,瞬间信仰了一见钟情,彻底被这个女人所吸引。

他收拾好紧张,缓缓走上前,故作绅士地要请蒂娜喝杯酒。

蒂娜抬起头,挑着杏眼,看着面前高大白净的男人,笑了笑,没有说话。

这种搭讪的人,她见得太多了。

第 1 话

大卫依旧不死心，对他来说，眼前的蒂娜散发着极致的诱惑，他绝对不要放弃。

他笨拙地坐在蒂娜的身边，不出声，不动作，整个晚上都是如此。

夜晚的绚丽终要归于平静。

蒂娜站在街边，冻得哆嗦，虽然刚过 10 月，但上海的夜晚已经有了冬天的气息。

大卫开着车，停在蒂娜面前，略显口吃地解释："我没有恶意，只是，只是想……"

那一刻，他就像狮子面前的绵羊，温顺极了。解释了许久，也没说清楚什么。最后只得摇摇头说出一句逻辑不通的结束语——"算了，还是让我送你回去吧……"

蒂娜默默看着他，眼神流露出诧异，寒风不断吹来，让她的鼻头被冻得通红。在大卫感觉自己笨得想死，快要放弃的时候，她忽然大笑出声来："我知道了，走吧。"

拉开车门，上车。一套动作行云流水，让大卫一脸错愕。

到了楼下，电梯来了，大卫没有跟着蒂娜进去。

他有些不好意思："我不上去了，这么晚了，不好。"

蒂娜收起酒吧里的傲气，略显羞涩地点点头，随着大卫惊喜的目光，电梯的门缓缓关上了。

电梯缓缓上升，她望着电梯门映出自己的那团影子，忍不住一个人笑出来："还真是个有意思的人。"

之后的一切顺理成章，如同小说里写的那样，两人从一个温暖的小小相遇，到彼此相知，走向美丽的爱情结局。

蒂娜和大卫举行了简单的婚礼，蒂娜依旧照看她的花店，大卫照常在公司里朝九晚五。

决定去宠物店是蒂娜的临时起意。当时两人正在街边闲逛，盛夏的阳光剥夺了一切凉意。街边的小狗也热得不行，伸长了舌头，呵呵呵呵地呼着气。

蒂娜见了，当即决定要养只狗狗。

下午两点，宠物店里，小狗们睡得四仰八叉，鼾声阵阵。

唯独一只一个多月的小金毛，奶黄色的毛，肉乎乎的身子，活蹦乱跳的，攀着围栏，对外面的世界跃跃欲试。

"这只怎么样？"看到小东西的一瞬间，蒂娜的眼睛温柔得一塌糊涂。

在蒂娜面前，大卫是一向没有反对意见的。宠物的事，蒂娜喜欢就好。但他也有些迟疑："金毛会不会太大了？"

"反正屋子大啊，不差这点地方吧……"她冲着大卫吐着舌头，眼睛里亮亮的。

"看来你是真喜欢它。"大卫笑着，摸了摸蒂娜的红发，表示无条件同意。

蒂娜伸出手指，小金毛很快被她吸引，跟着手指转来转去，却一不留神，就被小金毛抓住手指，咬了起来。蒂娜觉得它的舌头湿湿软软的，眼神里带着调皮，像是找到了心仪的玩具。

玩了一会儿，小金毛有些困了，眼睛半合不合，准备要昏昏欲睡。

"这么热的天,你就叫冰棍吧。"

像是听见了,它睁开小眼睛向她看了一眼,翻身呼呼睡去。

回到家,蒂娜大声对着空屋子喊:"我们仨回来啦。"

"刚结婚二人世界就没有了。"大卫一副不服气的模样。

蒂娜提了个调,挑眉看向他:"你说什么?"

"没什么没什么,老婆大人,我去准备晚饭了。"

"这还差不多。"

不要挑战狮子女的权威,否则没什么好下场,这是大卫早就得出的结论。

冰棍这个小家伙,早已在一旁忙活起来了。

柜子边的脏衣篮仿佛成了它的游乐场,跳进去,打个滚,再把里面的衣服一件件叼出来。

其中一件白色连衣裙成了它的最爱,上面的装饰品已经被它拽得七零八落。

蒂娜发现的时候,连衣裙显然已经阵亡了。她哭笑不得,想要吓吓冰棍,于是追着它满屋跑。

冰棍丝毫不害怕,还是不慌不忙,晃动着小尾巴,跑来跑去。

大卫看着一人一狗上演追逐游戏,连连叹气摇头。

倒霉的可不只是蒂娜。

不久,大卫就发现,冰棍的作案范围越来越大。

他的白衬衫、皮鞋,还有内衣裤都没有摆脱被踩躏的命运,上面全是小家伙的口水。

有时一个疏忽，它还会趁乱溜进厕所，那里是它最向往的游乐场。

随着冰棍一天天长大，蒂娜的尖叫声也越来越大。她常常被气得说不出话来，只能靠尖叫来发泄自己的崩溃情绪。

大卫哭笑不得，对邻居感到很抱歉。于是决定让冰棍洗心革面，给它一个接受教育的机会。

两人找来一厚摞书，忙得不亦乐乎，并彼此加油鼓励，希望合力成为驯狗大师。那几天，蒂娜连做梦的时候，也梦见冰棍乖乖坐在地上，苦哈哈地解二元一次方程。

不过，他们的幻想很快就宣告破灭。冰棍完全不买账，依然大摇大摆，我行我素。

任蒂娜怎么教它在固定位置上厕所，它都记不住，还是去找自己的老地方。

实在没有办法了，大卫提出每天早晚带它出去解决。

时间长了，冰棍还真养成了习惯。

刚开始，一直是大卫遛冰棍。

几次加班和贪睡之后，蒂娜自动担起了照顾冰棍的责任。

狮子女的强势都是纸老虎，其实心里温柔得像水。她时常在早上悄悄起身，看着旁边呼声大震的大卫，笑着摇摇头，蹑手蹑脚地牵起冰棍。

冰棍也仿佛看透了她的心思，一声不吭，跟在蒂娜身后小心翼翼的，摇着尾巴出了家门。

清晨，清新的空气扑面而来，蒂娜和冰棍，一路上蹦蹦跳跳的。

路过一家包子铺,香气袭人。

冰棍一屁股直接坐在店门口,任蒂娜怎么拽,它也不起来。

"你这个馋东西,回去啃你的狗粮。"

冰棍眼巴巴地看着蒂娜,做出卖萌的表情,好像压根儿就不是平日里那个混世魔王。

蒂娜白了它一眼,买了包子,在冰棍的眼前晃了晃,转身向家的方向走去。

回家后,大卫还没有起来,蒂娜收拾好就去了花店。

大卫的餐盘里摆好了包子。

蒂娜想不到的是,此时,冰棍已经挤开了餐厅的门,正虎视眈眈地盯着餐桌,寻找一个合适的角度可以跳上去。

蒂娜的花店坐落在商业街的一角。

周边都是商户,时间久了,蒂娜也融入其中,还时常带着冰棍参加他们的聚会。

其中有个叫蒂姆的男人,戴副黑框眼镜,十足的书生相,他的咖啡店挨着蒂娜的花店。

几人打趣,蒂姆和蒂娜,像是兄妹,连店铺也挨着。

蒂姆眼神炙热,看向在场唯一的红发。

蒂娜若有所感,回避了眼神,继续与他人说笑。

对于他的心思,蒂娜是知道的,但她已有大卫,对于其他的好感只能回避。

日子平淡如水,又不失温暖,冰棍也长壮了不少。

一年后的秋天，商铺的好友约好一同去郊外逛逛。他们再三嘱咐蒂娜带上冰棍。

聚会的地点位于郊外，路途虽远，风景却极美。

他们零零散散地到了，唯独少了蒂娜。

拨了电话，无人接听。再拨，还是没人接。

联系不上蒂娜，大家也没多想。一伙人开始了狂欢。

只有蒂姆心事重重，他实在感到不放心，便接二连三地打过去。

十几个电话之后，终于接通了。蒂姆焦急地问了一连串问题——你在哪里？怎么还没到？在路上吗？为什么不接电话？要不要我去接你？

话音落下，蒂姆感觉自己的反应有些不妥，仿佛太过于激动了。他知道，自己的心意注定是独角戏，何必表现得如此。于是暗暗后悔，几次想要张口解释，却又不知该说什么。

于是就这样安静着，分分秒秒，电话那一头毫无反应。

蒂姆这才慌了神，问："怎么了？"

蒂娜终于忍不住了，放声大哭，声音嘶哑。

回程的路上，蒂姆在车里听到了那则新闻。

男子驾车替妻子去郊区的花材市场进货，因为不熟悉路况，被土路冲出来的运输车撞到，车体报废，人也命丧当场。

据说，所有的花材散落一地。

第 1 话

四

那幅图片在微博和微信上不断被转发，附带着不同人的不同解读。

有人挂出了蒂娜花店的照片，有人挖出了他们相爱的故事，也有人天马行空，说天上的花神带走了大卫，要守护她的花圃。

整个事件在无限蔓延，从一个家庭的悲剧，变为被日日更新的悬疑小说。

蒂姆知道，每一个字，每一种言论，都是对蒂娜内心的凌迟。

他渴望见到蒂娜，告诉她，什么也不要理会，要相信太阳依旧会升起。

再次等到蒂娜的消息是在葬礼的前一天。

或许是打了太多电话，蒂娜的声音有气无力。她机械性地对蒂姆说明事情经过，通知葬礼的时间和地点。

蒂姆打断了她："我都知道。告诉我，你在哪里？谁照顾你？"

"我在家，你能带冰棍去看医生吗？"

蒂娜无法接受发生的事。她时常觉得自己在做梦，于是就疯了一样反复冲凉水澡。她希望冰凉的水淋在身上，她会醒来，发现一切都不是真的。

每一次，冰棍都跟着冲进来，一步不离。

它对这一切好像有感知似的，几天以来，不吵也不闹，没有再把家里翻得乱七八糟，只是安安静静趴在蒂娜身边，听着她打电话，看着她面容悲切地停顿。

只是反复的凉水淋湿，它倒在地上，开始发烧。

"他是蒂姆，你乖乖跟他去医院，好吗？"

蒂娜的憔悴，碰碎了蒂姆的目光。

她很担心冰棍不会跟蒂姆走，然而它却像是读懂了一切，不忍成为蒂娜的负担，依偎在蒂姆怀里，沉沉睡去。

葬礼那天，蒂娜用黑衣，把自己包裹得十分严实，可仍挡不住那头红发的摇曳生姿。

很多记者都赶来，将长枪短炮对准了她，问出形形色色的问题。

蒂娜一言不发，异常冷静，穿过熙熙攘攘的人群，来到灵堂。她的眼泪仿佛哭干了，面无表情地看着一切流程，看着他的亲朋好友垂泪，可唯独她没有掉一滴眼泪。

蒂姆远远望着她，心生怜惜。他懂得她那种不知所措的痛，也懂得一个狮子女，在众目睽睽和猜测下伪装的冷静。

大卫的母亲看着沉默的蒂娜，埋怨地捶打她。

"都是你害了我的儿子……"

"当初你们结婚，我就不同意，要不是他爸帮着说话……我……是怎么都不会同意的……你这个扫把星……"大卫父亲及时拉住母亲扬起的手，大卫的母亲哭诉着蒂娜的不是，大卫爸爸也怒不可遏："你就一点也不伤心吗？"

看着无动于衷的蒂娜，他接着说："你再也别踏进我们家一步。"

门外的记者们眼光开始闪烁，有些掏出纸笔，准备续写一波三折的故事。

无论他们说什么、做什么，蒂娜一声不吭，仿佛只是个局外人。

第1话

　　直到所有人都走了，她还站在那儿，一动不动。

　　冰棍咬着她的裤腿，往后拽，还是没反应，它低声叫了两声。

　　蒂姆在一旁等着，看着一人一狗立在那儿，落寞的样子让他异常焦躁。

　　不知过了多久，冰棍耷拉着头，像是在叹气，走了过来。后面跟着蒂娜。

　　蒂姆赶紧掐掉烟，拉开车门。

　　蒂娜坐了进去，冰棍也跟着上了车。

　　途中，蒂姆几次想开口，但看看后视镜里的蒂娜，他又说不出口了。

　　车里的空气都弥漫着压抑。

　　快到蒂娜家时，后座突然有哽咽的声音，接着就听到蒂娜隐忍的哭声："此后再也没有我们仨了，只剩我们俩了。"

　　冰棍也附和着呜咽。

　　"你别这样，已经发生了。"

　　"你还有冰棍，你还有大家，你还有我。"

　　"可是大卫……我对不起他的父母。为什么不是我？"

　　"大卫从没做错过什么，倒是我，什么都办不好……"

　　蒂姆紧握着方向盘，急得一直在说。

　　透过后视镜，他看到，蒂娜紧紧地抱着冰棍，眼角滑下泪来。冰棍知趣地舔着蒂娜的眼泪，也一副落泪悲伤的神情。

　　他知道，他的话，太苍白了。

蒂姆深知蒂娜的悲伤,有意无意地约她散心。

虽有心将朋友关系更进一步,但不忍打扰她,只把爱意深埋胸口。

蒂娜又过上了从前纸醉金迷的生活,再次成为酒吧的常客,那家她与大卫相遇的酒吧。

不同的是,陪在旁边的不再是大卫,而是蒂姆。

大卫去世一周年的时候,蒂娜邀蒂姆去酒吧坐坐,这是一年来她第一次主动约蒂姆,蒂姆欣然前往。

蒂娜已经没有以前那么低落了,只是不爱说话。朋友聚会时更是如此,少言少语,自顾自地喝酒,偶尔搭两句。

无论聊什么,蒂娜好像都提不起兴趣。渐渐地,朋友也少了。

蒂姆因为堵车,晚到了一会儿。他到时,蒂娜已经喝了几杯,有些微醺。

见他来了,蒂娜显得很兴奋,靠着他开始讲大卫和冰棍的故事。

"我跟你说啊,刚开始大卫一点都不浪漫。我说过想吃一个牌子的糖,他就真的一直只买那一种味道的糖给我,都不知道掺些其他的。"

说完,蒂娜闭上眼睛,嘴角堆笑,高兴地抿了一口酒。

还没等蒂姆开口,她又说:"别看冰棍个子大,但其实是个少女心呢。它特别怕打雷的,只要一打雷,它就钻进大卫的怀里,连我叫它都没有用。"

抿抿嘴,她接着说:"有一次,我生气了,非要抱着它。结果,它还是钻回大卫那里。

"前两天,又打雷,它还是习惯性地找大卫,转了一圈,只能默默地趴在了大卫的枕头上。

"倒是这次,冰棍没有再拒绝我,任由我抱着。"说完,她拿起酒杯,碰了一下蒂姆的杯子,一口饮尽了。

蒂姆看着身旁的她,虽然在笑,但每个表情都让人心疼,心里十分苦涩。

蒂姆像往常一样,约蒂娜出来散心,却遭到了拒绝。

蒂娜直截了当地说:"谢谢你这段时间的照顾,我已经好很多了。我要带着冰棍去旅行,以前一直想去,没有机会,现在可以了。"

蒂娜一口气说了再见。之后便消失了,朋友间都没有她的消息。

蒂姆没有放弃,每天都会给蒂娜发条短信,有的是询问近况,有的是说些琐事,无话时干脆发个笑话。

但无一例外,都石沉大海。

蒂姆与蒂娜完全失去了联系。与其说是在发短信,更像是自言自语。

其实,蒂娜并没有消失,她开着车,带着冰棍,到各个地方去旅行。

至于那些短信,她是有看到的。

蒂姆知道。

因为她开始出现在朋友圈和微博上，晒着自己与冰棍的旅途生活。

他只好一如既往地沉默，没有打扰蒂娜的生活。

"只要她好就行了。"他总是这么安慰自己和朋友。

"你是不是傻啊？事情过了这么久了，你还不出击？"

"你不懂，她只是看起来坚强。实际上跟冰棍一样，少女心。"

"蒂姆，你是不是男人？你要是男人，就把她追回来。"

"这么久了，再冷的心也该融化了。"

面对朋友这样的激励，蒂姆每次都说好。

但回到家，他还是和平时一样，只看不语。

再次与蒂娜取得联系，是源于一张从西藏寄来的明信片。明信片上只写了一句"good luck"。

虽然只有两个单词，但蒂姆知道那是蒂娜寄来的。

他对着明信片流了泪。

之后他发给蒂娜的短信开始有了回复，两人恢复了联系。

圣诞节的时候，蒂姆接到电话。

信号有些模糊不清，但他还是听见了那个熟悉的声音，"喂，你快来救我，我的英语实在是太烂，上次出去给错了好多钱，再这么下去，我就要破产了。"

他感到眼泪流下来，顺着脖子钻进衣领。

"看好你和冰棍就行，别把自己卖了。"

总是听人说，离别这玩意儿啊，多经历几次，总会慢慢习惯的。

第 1 话

从泪眼婆娑到辗转难眠,从微笑挥手到告别遗忘,渐渐地会发现,面对离别,我们越来越轻而易举,驾轻就熟,最后甚至能刀枪不入,回首即忘。可是在这个世界上,就是有那么一类人,他们就算面对了 100 万次离别,也依然会断了肝肠,红了眼眶。然后拥抱取暖,再全身心去爱。

多年以后,又一次打雷,冰棍噌地一下躲到蒂姆的怀里。

蒂娜大叫:"你看看,一个小姑娘,有什么事就往男孩子怀里跑,一点都不矜持,我都没有地方啦……"

说完,把冰棍赶走,自己钻进那个温暖的怀抱。

冰棍当然不死心,叫了一声,找到两人的胳膊下的缝隙,低着身子,拱来拱去,终于又拱出一块地方。

两人一狗扭打起来,再次上演"我们仨"的怀抱争夺战……

在最初里遇见你

雯雯和关洋的蜜月旅行结束后,就告别了诗和远方,他们的脚步开始滑入了生活,窥见了生活平凡和琐碎的真相。

他们生活在北京,一座收藏着无数人的青春和梦想的绚烂都市。

自己的梦想还有多远?雯雯并不知道,她只知道每一天都要像上了发条一样奔忙,这是时代的节奏,也是她不可逃避的轨迹。

房子、车子、存款、生孩子……这些问题雯雯从不敢往深了想。可婚后第一步,住的问题还是要面对。

在北京的郊区买一套一居室的房子,已经很贵了,再加上装修费,各种生活费,花销会很大,一般的家庭根本负担不起。

关洋仔细地想了想,他建议先不买房子,他们决定暂时住在出租屋里。出租屋是北京的一座四合院,看起来有些年代了,3+1式的混凝土结构,梁柱、房门和窗户都刷了红漆,上面尘土飞扬,就像雯雯蒙了尘的梦想。

这些年,和一些老同学老朋友聊天时,雯雯常常有一种落魄的感觉。从小到大,她习惯了各种赞扬,大眼睛小脸长头发,标准的美貌却有着聪明的头脑,所以,毕业后,她就来到了北京来寻梦。同学们都觉得这么有闯劲的她,会有大出息。

第 1 话

在北京的这些年，她很勤奋，白天人前情绪高昂，工作认真，很有劲头。可每当夜晚她走在灯火阑珊的街头，那根敏感的神经会跳动，生出一种强烈的流浪感。于是，便有了微博里那些伤感忧郁的文字。

雯雯的文笔和文青气质吸引了很多人，也包括一个和她一样的北漂男孩，关洋。两个孤独的人，见了面，相互温暖地靠近，又陷入恋爱，最后按部就班地完成了一场平凡的婚礼。

流浪和远方是文艺青年嘴里常提到的字眼儿，带着颓败而诗意的美感。

可当雯雯遇见包子的时候，才第一次真正触摸到流浪，只有痛苦和孤独。

雯雯早晨上班急匆匆地在路边买了两个包子，可一不留神，掉落在地上。雯雯庆幸包子没有滚出塑料袋子，忙要伸手去捡，可一瞬间又迟疑了，因为一只流浪狗，正盯着她的包子。

其实雯雯见过一些流浪猫狗，但是她从来没有见过这么瘦的狗狗，看样子它应该是一只中华田园犬。它有着流浪狗的脏污，却瘦得只剩骨头，站起来也很费力，看得让人心疼。

雯雯最终捡起了包子，它低下了头，顺势趴在了路边。雯雯把袋子撕开，放在它身旁。但它对人很警惕，喂它的时候就远远地看着，不敢靠近，直到雯雯稍微走远了一点，它才起来吃。

在这以后，雯雯的脑袋里总会浮现田园犬那无助的眼神，还有瘦得皮包骨的样子，那一定是难以忍受的痛苦。

第二天，雯雯多买了两个包子，走在和昨天相似的路上，看到

孤独有你

田园犬的那一刻,她很高兴,却又是心疼。它把包子给了它,看着它两口就把包子吞咽下去。

这以后,雯雯每天早上都会早走几分钟,多买两个包子。她每天都会在路上见到那只狗狗,就像约定好了一般。雯雯给它起名叫包子。

慢慢地,包子也放松警惕了,一个星期后,它也认识雯雯了,还用头蹭她,求摸摸。

每天都过去喂它,为什么还是那么瘦?雯雯有些疑惑。

她把文字写在了微博里,受到了许多人关注,更有人提出说雯雯该收养它,因为狗狗和她有缘,可雯雯还是下不了决心。

直到那天早上,包子没有在老地方出现。雯雯找了许久,还是没有找到,最后魂不守舍地上了一天班。

一连好几天,雯雯仍是没有见到包子。也许是有别人喂它吃东西了吧,雯雯这样安慰自己,但是她还是抱着希望,每天去桥洞下面看看。

看到包子的那天早上,雯雯高兴得像见到了老朋友,可包子后腿上刚刚结痂的伤,一下子揪得她心很疼。

雯雯想带它回家,虽然在街上有人喂吃的,但是夜里这么冷,在外面风餐露宿的,它也活不过冬天的。

"包子,现在接近过年了,狗贩子又开始活跃了,真怕哪天去看不到你。跟我回家吧。"

当天晚上,雯雯对关洋说:"咱们养只狗吧!"

关洋爽快地答应,因为关洋很喜欢狗狗,只是一直央求雯雯,雯雯却始终没有答应,因为雯雯并不太喜欢宠物。

第二天一早,雯雯带着关洋来找包子。

关洋看到包子的时候有些惊讶:"原来要养流浪狗!你怎么会?"

可转眼间注意到瘦弱可怜的狗狗时,他又说:"它怎么会这么瘦,咱们先带它看看医生吧,它这儿有伤口。"

刚开始,关洋打了一辆车,结果,包子一听见发动机的声音,就跑到了一边。很显然它特别怕车子。

最后雯雯又给了它一些吃的,她一边看着它吃一边说:"吃完之后跟我走吧,带你回家。"

这一次,包子顺从了不少。

小夫妻把包子带到了宠物店,给它洗了澡,发现它有很多跳蚤,体内有虫,还严重掉毛,买了驱虫药和一些狗零食喂它。

雯雯和关洋怕它有些不适应,便给它搭了个窝。

雯雯仔细观察着包子,它睡觉时总是习惯把耳朵贴在地上,身子蜷成一个球,只要有一点点动静,它就会立刻醒来。来到家的第一天晚上包子会小声支吾,走近一看,原来这小家伙是怕黑,雯雯在包子身边放了一个小灯,它才慢慢地安静下来。

知道包子怕黑后,为了使房屋明亮起来,他们专门把混凝土的墙壁改造成了玻璃墙,顶部还安装了玻璃窗,这样采光效果就比以前好多了。

适应了几天后,包子熟悉了环境,夜晚就不怕了,它自己开始寻找睡觉的好地方,再没有吵闹过。每天早晚,雯雯都会和关洋带着包子散步。

狐狸对小王子说:"驯养我吧。"我们才恍然了解,人与人之间,及人与动物之间,都是一样的驯化过程,生活多了一份责任,也更添了不少乐趣。

更巧的是，雯雯在遛狗的时候居然碰到了它的前主人，他们住在同一个区域。包子的前主人说，确实是没有办法才把它丢弃的，丢弃后也后悔了，去找过它。现在看到它过得好，就放心了，并十分感谢雯雯收养了它。

通过前主人得知，包子原来叫哈里，目前只有一岁半，平时爱吃狗粮，胆子小，性格十分神经质，但这不影响雯雯对它的喜爱。

包子在新的家庭里过得很开心，长胖了的它十分帅气，也越来越活泼了。

雯雯玩电脑时，它就蜷缩成一团在桌子底下，每天晚上就是一坨，天然的暖宝宝。

四

关洋惦记着包子，他从饭局上带回一些小骨头。这家伙第一次看见骨头时，先强迫自己保持镇定，在骨头旁小心翼翼地转几圈，观察了好一会儿，然后才慢慢走近食物，先用鼻子闻了闻，然后再用舌头舔舔，最后大吃起来，雯雯已经看见了它满地的口水。

包子有时非常调皮，它喜欢玩捉迷藏，它总是先跑，经常抢在雯雯前面藏起来，等到时机成熟之后，对雯雯来个措手不及，吓她一跳。有时候包子躲在门背后，坐在那儿一动不动地观察着雯雯，像一尊雕像。

夫妻俩将狗窝装饰得十分漂亮，狗窝顶上贴满了各种贴画，有小人的，还有小动物的。

他们害怕包子着凉，为了它睡得舒服，特地给它铺了小毛毯，在毛毯周边还摆满了各种温馨的装饰物和小玩具。为了方便包子来回走动，他们特地把门把手的位置调低。

第1话

雯雯现在感觉他们就是一个三口之家，四合院里种满各种花草树木，还有一些新鲜水果。

关洋浇水的时候，包子在一旁捣乱，他大声呵斥，包子吓坏了知道自己犯了错误，卷着尾巴灰溜溜地逃走了。过了一会儿，它提着水壶出来了，关洋看着比它头还大的水壶，呵呵地笑了，关洋继续浇水，雯雯和包子在一旁玩耍嬉戏。

周末的时候，如果天气晴朗，他们就会在院子里放一桌美食，桌上有包子最喜欢吃的火腿和牛骨头，一家人享受香甜诱人的食物，雯雯在平凡的生活里，找到了独有的温暖和诗意，她的文字也不再那么忧郁，多了些温暖和乐观。

两年后，雯雯怀孕了，家中又添了新成员，孩子是个女孩，十分可爱，她的脸和包子一样圆鼓鼓的，夫妻二人给孩子起名为圆圆。

圆圆长得眉清目秀，特别是那双水灵灵的大眼睛，黑眼珠中闪动着聪慧的光芒。她的五官十分可爱，常常有人夸圆圆可以当小童星。

雯雯听到赞赏后更加兴奋，觉得都在夸自己，她摸了摸圆圆的脸蛋，她肉嘟嘟的小脸蛋上长着一对细而长的柳叶眉，两条眉毛一挑一挑的，十分让人喜爱。

圆圆蹒跚学步时，包子一直陪在她身边，他们渐渐成了最亲密的伙伴。

包子和圆圆在雯雯眼里，就是两个婴儿。虽然照顾他们很累，但只要看到圆圆笑，听到包子叫，雯雯心里总是甜甜的。

圆圆和包子玩得很好，周末时候，雯雯一家三口带着包子去合了影，他们把照片挂在了客厅的墙上，画面上每个人都是喜洋洋的。雯雯感觉圆圆和包子在一起久了，长得越来越像，他们过了一段最幸福的时光。

五

有句话说：幸福的家庭都一样，不幸的家庭各有各的不幸。雯雯没有想到噩梦会降临在自己的家中，她年轻的脸庞显得十分疲倦。

包子和圆圆玩耍时，圆圆骑着包子，由于地板上沾了水，包子脚下一滑，圆圆的脸重重的磕到了桌角，脸上深深地被划伤，伤口很长。雯雯愤怒地看着包子，她把家门锁上后，带着圆圆急忙跑去医院。

医生为圆圆进行了简单的缝合，雯雯得知圆圆的脸上可能会留一道长长的疤痕，十分焦急，她想到了长大以后做手术的办法，但是医生告诉雯雯，圆圆是疤痕体质，不能随便动刀。听到这里，雯雯的眼神中流露着痛苦与恐惧，雯雯知道，容貌对于女孩子来说是多么重要。

雯雯伤心地回到了家，她不敢和关洋提起这件事，关洋最近很忙，已经有好几天没有回家了。

包子看到雯雯回来了，急忙扑上前，雯雯一脚踹开了它，她现在看见它就满肚子火，雯雯从现在开始再不理会包子，她把包子锁在门外。

圆圆一天天地好起来，雯雯悬着的心也渐渐放了下来。

自从雯雯责怪包子并且不理它之后，它便不吃不喝，好几天郁郁寡欢，关洋下班回来后看到包子，喂了它点饭，它却一点也不理会。

几天后，雯雯忽然发现，包子不见了。

开始，她以为它出去玩了，过会儿自己就会回来。直到天黑了也不见包子的影子，才意识到包子丢了。连续三天，一点踪迹都没有，雯雯沮丧而伤心，她向关洋哭诉着自己不该对包子那么凶，她担心可怜的包子会被无良的狗贩子抓住，她和关洋回忆她遇见包子的点点滴滴。说到最初相遇，雯雯忽然精神起来，她像疯了一样抓着关洋出门。

来到了她最初遇见包子的桥洞。桥洞下，一只瘦瘦的狗狗孤独地趴在那里，望着来来去去的行人。雯雯崩溃地过去抱住包子，泣不成声。

现代社会大部分的爱情，无非开始于孤单和同情，养宠物，也往往如此。仿佛一切回到了起点，被主人抛弃的狗狗，在最初相遇的地方，渴望最初的温暖。也许，每个人都该保持着一点初心。

第 2 话

第 2 话

我不能保证，我们永远不分离

肖樟跟他的名字一样，十足的嚣张。

他一直是父母口中那个别人家的孩子。

从小到大，每次考试，肖樟都能顺利无忧地排在年级前 30 内，甚至有几次还成为了榜首。

上了大学，他更是年年拿奖学金。

不仅如此，肖樟一点也不像书呆子，性格随和有趣，人缘也好。可能唯一讨厌他的，就是亲戚家的孩子们了。

春节之后，肖樟迈入大四下学期，马上面临毕业，但他一点都不焦虑，因为他早已签了就业合同，现在就等着答辩、毕业、上班，大好的前程在向他招手。

最后一个学期的校园生活让肖樟十分留恋。

学校通知毕业体检是在 4 月份，春天的气息渐渐萌发，昭示着活力和生机。

体检需要验血，肖樟和三个室友饿着肚子，一同前去。

各项体检之后，4 个人饥肠辘辘，来到餐馆大快朵颐。

肖樟兴奋地说:"老大,马上就要毕业了,你有什么打算啊?"

"我是找好了个单位,边走边看吧。老三,你呢?"

"我啊,还没着落,可能要靠父母了。"

老四有些犹豫地说:"你们说我是考研呢,还是找工作呢?"

"还是考研吧,之后还能留校。"老三喝了口酒,接着说,"正好和肖樟在一个城市还能照应点。"

肖樟也赞同:"就是,就是。"

老大举起杯:"兄弟们,咱们也快天各一方了。干一杯吧。"

"以后全国各地都有家了。"

4个人的杯子碰到一起,喝下的是兄弟情义。

一个星期后,铃铃铃,电话铃声吵醒了还在酣睡的肖樟。

原来是班主任,他询问了肖樟毕业后的打算,和父母的一些情况。

最后还问了他家的电话,说是毕业前要与家长沟通一些问题。

肖樟觉得莫名其妙,但还是老实地交代了家里的电话。

晚上,肖樟接到父母的电话,说明天要来看看他,帮他把毕业的东西带回去一些。

肖樟与父母约定好时间,就洗漱睡觉了。

第二天如约而至。

看见父母,肖樟觉得他们眼角流露着疲惫,就追问:"爸妈,你们昨晚没睡好吗?"

父母怔了一下,连忙摆手:"没有没有。"

第 2 话

他们一起回肖樟的宿舍坐坐，就去吃饭了。

席间肖爸好像有话要说，欲说又止，问他还吞吞吐吐的。

肖樟很少见父母这样，就拿肖爸打趣："你们不是要给我生个弟弟妹妹吧，这么支支吾吾的。"

肖爸牵强地笑笑，"哪有的事别乱想。"

肖樟乘胜追击："难道是要离婚？"

"小子，别胡说。"肖爸有些生气。

肖樟嘻嘻笑着说："我是不想乱想，那你们告诉我啊，这次到底为啥来？"

肖妈看看肖爸，肖爸看看肖樟，终于开口："我们是有事要跟你说，你不要着急，慢慢听我们说。"

肖樟感受到父亲的严肃，点点头，等着父亲说下去。

"昨天，你的班主任给我打电话，说是你的体检有点问题。我们来想带你去医院再检查检查。不过你别担心，不是什么大事，估计就是个胃炎啥的。"

肖樟听到"体检"两个字后，就慌了神，大脑一片空白，不知该如何反应。

肖爸后面说的话他一个字都没有听进去，心里有些害怕，反复琢磨："是什么问题呢？"

晚上，肖樟没有回到宿舍，而是跟父母到旅馆住了一夜。

这一夜，肖家三人都辗转难入眠。

第二天一早，三人来到市里最好的一家医院，开始检查、化验，一系列项目结束后便进入了漫长的等待。

这几天，肖樟如坐针毡，既想早些知道检查结果，又害怕知道。

终于等到结果出来的时刻，但对肖家来说犹如晴天霹雳，肖樟被确诊患胃癌。

刚开始，父母瞒着肖樟，只说是严重的胃炎，配合治疗就会没事。

肖樟很开心，自我安慰："还好不是什么大病，积极吃药，没准毕业前就能好得差不多了。"

可时间越长，他越发觉不对劲，怎么治了这么长时间一点好转的迹象都没有，反而加重了许多，身体上出现的种种迹象都在告诉肖樟：他的病没那么简单。

肖樟很恐慌，也很愤怒。

他一次次地追问父母和医生，得到的都是同样的答案："没什么事，就是胃炎，注意休息就能好。"

医生来查房，简单检查后，在他的病历上记录着什么。

肖樟一把夺过病历，死死地拽住，任人争夺也不撒手，在众多词汇里，他只看到了三个字"癌细胞"。

手一松，病历本砸在床上，肖樟无力地倒在床上，面色苍白。

肖爸肖妈带着饭菜回来，看到医生一直在安慰肖樟，问了护士才知道发生了什么。

他们把肖樟扶起来，跟着劝他："没事，只要好好治就没事。"

无论父母说什么，肖樟都一无所动，睁着眼睛，愣愣地出神。

一连几天，肖樟都萎靡不振。

肖爸肖妈不时地开解他，可事与愿违，肖樟知道病情后，身体状况一落千丈。

肖樟在医院已经待了一个多月，家里的积蓄花得差不多了。

肖爸肖妈把能借钱的亲戚朋友都借了一遍，肖樟的朋友和老师也送来些钱，但这些加起来与肖樟的治疗费相比，九牛一毛。

医生对肖爸肖妈实情相告，现在待在医院治疗的效果不大，如果家里资金困难，可以回家休养，需要治疗时再来医院。

肖爸肖妈没有办法，只能带着万念俱灰的肖樟回家。

肖樟回到家，还是无精打采，一脸消极。

正巧，邻居家的拉布拉多生了一窝小狗，他们给肖家带来一只，希望能让肖樟的心情好些。

来到肖家的小拉布拉多刚满两个月，全身淡黄色，活泼好动。

刚看到小狗时，肖樟并没有什么感受，心里想着："只是只小狗罢了。"

时间长了，他竟有些羡慕，"如果我是你该多好，还有那么多时间。"

小狗不懂，眼睛亮晶晶的，眨巴眨巴，又晃晃悠悠地，跑到别处了。

一天，肖樟躺在床上，胡思乱想。

他的手从床边垂下，突然指尖传来痒痒的、黏糊糊的感觉。

向下一看，原来是小拉布拉多在舔他的指尖。

肖樟侧过身体，支着头，感受指尖传递来的阵阵温暖。

他羡慕地问："好吃吗？"

小拉布拉多抬起脑袋，看了看，没搭理他，继续啃着手指头。

"当只狗是什么感觉？"

"是不是无忧无虑的，除了吃就是睡。"

小拉布拉多好似听懂了，奶声奶气地汪了一声。

肖樟看着它，忽然神秘地问它："喂，你看见过鬼吗？"

小拉布拉多啃手指啃腻了，坐在一旁，抬起一条后腿，舔着身上的毛。

肖樟被它的动作吸引了，看着它，接着说：

"听说狗对这些比较敏感。"

他定睛望着小狗："如果我变成鬼了，你还会认识我吗？"

没有回答。他望向窗户，外面没有安装护栏。

"八层楼，从这儿掉下去就像飞一样吧。"

小拉布拉多坐在旁边疑惑地左右晃着脑袋。

五

时间对于肖樟来说，如同白开水一样没有味道，不知不觉就流走了。

肖樟变得很平静，没有过激的言行，吃药、治疗也配合，只是总是发呆，没有生气。

如此顺从的肖樟让肖爸肖妈以为他想开了，对他的看管也少了，毕竟他的病需要很多钱。

到了夜深人静独处的时候，肖樟才敢把自己的真实内心拿出来晾晒。

他一点也没有振作，反而更加抑郁。

第 2 话

此时的小拉布拉多已经长大许多，到膝盖位置。

肖樟看着它，想到自己，更加绝望。

小拉布拉多任何的举动带来的都是生机，而他则预示着疾病和死亡。这样强烈而鲜明的对比，让他每天都沉沦在绝望中难以自拔。

他走到窗前，泪一点点滴下来。

"为什么是我，我做错什么了？"

压抑已久的情绪在这一刻爆发。

他弯着腰，用手砸着自己的头，大声喊着。

"为什么是我？"

泪淌满了脸，眼眶也跟着红了起来。

小拉布拉多闻声而来，在一旁用嘴咬着他的裤腿，往回拽。

他抱着自己的头，甩开拉布拉多，哭得蹲了下来。

拉布拉多又来拽他。

他痛哭流涕地说："放开，放开我。"

不知过了多久，他再次站起来，与窗外的景色相比，惨白的病服在凄冷的月光映衬下显得落寞孤寂。

站在窗前，眼角挂泪，他闭上眼睛，迈出腿……

拉布拉多狂吠了两声，冲过来尽全力咬住他的腿往回拽。

可这次肖樟铁了心，不管腿上的痛感。

他用力一提，将腿和拉布拉多都提到了窗台上。

拉布拉多被提起来，一下子慌了，松开嘴。

它想要用爪子抓住肖樟，但力气不够，就这样，掉了下去。

肖樟也慌了,一时间不知如何是好。

等到他想起来,为时已晚。

他伸出手时,已经够不到拉布拉多了。

晚上,肖妈回来到处寻不到拉布拉多的影子。

问肖樟,他解释狗掉下去了。

再追问细节,他只好一五一十告知了。

肖妈大概猜到了原委,下楼却已经找不到拉布拉多的尸体,只是地上留了一大摊触目惊心的血迹。

肖妈回到家,指着躺着的肖樟,歇斯底里喊道:"怎么说,这也是条生命啊。"

"我们不指望你体谅我和你爸,但全家人都在努力,怎么就你一副半死不活的样子。你不是没救了,你是心死了,你看看你哪像原来那个肖樟。"

"你不是总说,考试尽力就能考得好吗……"

肖妈抽噎了两声,继续喊着:"那你这次,怎么就不知道加把劲呢。我白养了你20多年,你连你病房里那个十几岁的小孩都不如。"

肖妈说完,仿佛用尽了全身的力气,她蹲坐在地上,用早已破了的围裙擦着眼泪。

稍事停顿后,接着说:"你如果不想治了,想死,我们不拦你,但你得自己想想你对得起给你拿钱的那些人,你对得起替你掉下去的狗吗?"

肖爸叹了口气:"你说这些干什么。"把肖妈扶起来,也把肖樟扶坐起来,递给他几张纸巾。

第 2 话

肖家一连几天都沉浸在悲伤中,为失去的那个身影,也为肖樟。这之后,肖樟变了个人似的,开始积极配合治疗,参加锻炼。校方也送来了师生的捐款,这可帮了肖家的大忙。

肖樟一天比一天开朗,但想到那晚的事,他还是会喃喃地说:"我连名字都没有给你取过,也没出门遛过你。"

好转之后,他又养了一只拉布拉多。

像是要把曾经的亏欠,都弥补过来一般,肖樟待它极好,不知情的哥们儿都说,这狗真幸运碰到了肖樟这么个好主人,天天活得比人都滋润。只有肖樟自己知道,也许幸运的是自己。

时光远去,两只拉布拉多的身影相叠,仿佛从未离去。

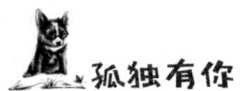

飞翔吧

清晨，太阳才刚刚露头不久，大地尚未被阳光覆盖上足够温暖的热度。正是初秋，穿梭在楼宇和树木之间的清风传递的是催人清醒的凉意。

路边已经有推车的水果商了。在这个时间里抛弃温暖被窝的人，除了这些勤劳的商人，便是那些保持良好生活习惯的出来晨练的人们。

不过洛江并不符合以上说的任何一种。

他并不是个喜欢早起的人，而且，自从颈部受伤之后，他也再没有进行过任何跟锻炼身体有关的项目，这使得他曾经精壮的身体变得有些发胖，好在胖的程度并不算大，并没有改变他一度帅气的长相。

他之所以会在这个时间里，在街道上还没有什么人时走上街，其实是因为他手里的那只黄雀鸟。

这只黄雀鸟他养了整整三年，可以说是他最亲密的伙伴。

为了这只黄雀，他这样一个不喜早起的人也时常早早离开家门，拎着鸟笼，从家里一路走到附近的公园，就为了能给鸟儿一段美妙

第 2 话

的清晨。

他穿着白色运动衫，这运动衫有点紧，把他肚子的轮廓也勾勒出来了。通常人们遛鸟时会选择穿些宽松的衣服，为了彰显他们享受人生的闲情逸致，但洛江并不是那类人，他遛鸟也不是为了感受什么生活情趣。

他拎着鸟笼，一路来到公园，鸟笼内，他的小黄雀已经扑扇起翅膀，蠢蠢欲动了。

"又来遛鸟了？老洛！"跟洛江打招呼的是正在练太极拳的老王。

老王50多岁了，称他是老王一点也不违和，但他口中的这个老洛可就有点名不副实，毕竟，洛江今年也才只有35岁啊。

但洛江并没有对这称呼表示异议，他朝老王笑笑，仿佛他也是这公园内的享受生活的人们中的一员。

他转过头带着他的黄雀往公园里面走去。转头的动作有些不自然，这源自于他颈部的伤，虽然伤已经痊愈，但筋骨似乎是有了些不可逆转的错位，这使得他永远也没办法恢复到受伤之前的状态了。

这伤曾经深深折磨过他，不仅仅是身体上的痛苦，更是内心深处的，这折磨几乎要杀了他，但随着这只小黄雀飞进他的生活，那份心上的折磨也随着身体的好转而渐渐消逝了。

他来到那条他经常坐的长椅前坐下，把笼子放在身旁，抬手放在脖子上揉了揉，显然这一路走过来给他的脖子带来了不适。

他打开鸟笼子的门，黄雀没有犹豫，直接从门口飞出去，但没有飞远，只是在洛江目所能及的范围内畅快飞翔。

洛江就那样望着这只小黄雀，他望得有些痴了，像是在看着一

孤独有你

个遥远的无法触及的情人。他的嘴角边流露出的微笑是无意识的,这微笑充满幸福,但同时又透出一丝隐隐的苦涩。

黄雀落在树枝上捕捉着在那里有可能停留的食物,它并不需要自己捕食,洛江早已在衣兜内准备好了它的早餐,但是看起来它跟洛江一样,都不怎么喜欢从别人的口袋里获取食物。

或许是天气好的缘故,又或许是今天的太阳格外温暖,黄雀显得十分兴奋,它飞过来又飞过去,在树枝间不断穿梭,它遇到一只小麻雀,像是较劲一样追着小麻雀飞。

洛江正看得出神,忽然间,他原本眯起来的双眼瞬间瞪大了,柔和的神情也顿时变得慌张和惊愕,他蓦地从长椅上站起来,迅速朝刚刚黄雀正在绕着飞的那棵树奔过去。

从他的角度来看,他看到原本正开心飞翔的黄雀忽然在空中停住,伴随着一声哀嚎,接着鲜红色的血液便映入他的眼帘。他来到树下,利用树枝和树干本身的摩擦力攀爬上去,他虽然变胖了,但身体并未失去矫健。

他爬到树冠处,终于看到他的黄雀发生了什么:那只可怜的小东西显然撞到了一根十分不易觉察的凸出来的树枝上,它从没犯过这种错误,但今天或许是它的不幸日——就如同几年前洛江所遭遇的不幸日一样。

洛江小心翼翼靠近那根树枝,伴随着黄雀的哀鸣声,他感到自己的心都要碎了。他用不会伤害到黄雀的方式折下那根树枝,并捧着黄雀和树枝缓缓爬到树下。

他心疼地抚摸着他的小黄雀,小黄雀就这样躺在他的手心内,

第 2 话

用哀伤的目光注视他。

"不不不,不可以是你,不可以是你……"他低声呢喃着,并来到长椅旁,用牙齿和手在他的衣服上撕下一个布条,接着用尽量轻柔的动作把那根刺入黄雀翅膀内的树枝取出来,然后把布条包扎在伤口上。

他直接把笼子丢在长椅上,双手捧着他的小黄雀,直接朝家里走去,一路上没有跟任何人打过招呼。

三年前,洛江还是一个意气风发的飞行员。洛江选择当飞行员只是为了心中所爱,他热爱蓝天,热爱在天空中翱翔的快感,他怀疑自己上辈子是一只雄鹰。

然而命运跟他开了一个大大的玩笑。

某天傍晚,他正在街上赶路,赶着去参加一场朋友的晚宴,在过一个转弯时对面忽然冲过来一辆怒气冲冲的大货车,他的身手已经十分敏捷,如果他不是及时闪到一旁,他的整个身体都会被撞到碎裂,万幸,他只是肩膀被狠狠擦了过去。

当时他并没有多想,还去顺利参加了晚宴。直到第二天,当他发现自己的整个脖子都不能动了时,他才意识到自己也许是受了程度很深的伤。当他去医院检查,医生告诉他,他的整个飞行生涯必须永远终止。

"否则你的脖子在你起飞时会直接扯断你的颈动脉。"这是医生当时对他说的话。

他的梦就这样碎了。

当然，除了不能飞行，他并没有太多的损失。他的脖子受了伤，但只要恢复得好，他仍然能够点头、抬头、摇头、回头。他并没有因为一场车祸而变得残疾，这伤对许多人来说只是一点生活的小插曲。他的美丽的妻子仍然那么爱他，甚至还在他脖子的石膏上面画了一个很可爱的涂鸦。

而他也并没有从此失去谋生的手段。他不能当飞行员，但他仍然有机械工程的文凭，他还能找到薪水不菲的工作，他一向十分聪明。

所以从表面上来看，他的生活仍然是平静和完美的。

但内心里，他却几乎是死掉一般。飞行是他最大的梦想，是他人生的追求，如果一只雄鹰折断了翅膀，那么它将如何活下去呢？

鬼使神差般，一只黄雀忽然飞进他的生活里。

他从没想过要养什么宠物，如果要养，那也会是一只猫一只狗或者一只乌龟，总之绝对不会是一只黄雀。可这只黄雀就这么飞到他的窗前，每天都来，仿佛感知到他的痛苦，特地过来安慰他一样。

而他也的确从这只黄雀身上获得了新生。

他买了一个漂亮的鸟笼，只为了能带他的黄雀到所有他喜欢的地方去。当黄雀翱翔在天空时，他就像看到了曾经的自己。

有时候，他感到自己仿佛已经与黄雀融合在了一起，当他闭上双眼，甚至能听到呼啸在他耳边的风声，他的双脚仿佛离开了地面，支撑他的只有空气的浮力。

他从没想过他的黄雀也将遭受与他同样的不幸，那简直是充满讽刺的滑稽剧。像是台下的观众们在说，瞧啊，那个不能再飞的飞行员，他养的那只鸟也不能再飞了。

那将是最为痛苦的无底深渊。

第2话

三

洛江请了一个长假,把他所有的年假都用在了这一次。他捧着小黄雀到处拜访宠物医生和知名专家,只为了求一个答案:他的小黄雀是否还能继续飞翔?

医生给出的答案模棱两可:从拍摄的光片来看,黄雀翅膀上的骨头遭到了十分严重的粉碎性伤害,如果按照正常的恢复过程,那么它的翅膀恐怕会严重变形,能够继续飞翔的几率非常低。但如果给它做一个手术,也许它还有希望恢复到从前,但这手术的难度很高,最好不要抱太大希望。

专家给出的答案是,手术可以成功,但大概洛江必须得去另一个城市,找一位医术十分高明的专业宠物医生。

洛江并没有犹豫,他立刻亲自开车前去了那所城市。

这在许多人看来是不可思议的,甚至是疯狂的。要知道那只是一只鸟,它既不值得你为它花费高额医疗费,也不值得你舟车劳顿为它四处颠簸,你完全可以再买另一只鸟。

事实是这世界上有非常多的疯狂的事情,对理想的追求,对爱情的执着,对特定事物的热爱,当你没有深入了解,你便没有资格去评判别人的行为是否值得。毕竟如果不能保证爱到永远,又何必带它回来?就仿佛那明知没结局的爱情,不如让我们握握手就说再见,对待宠物要像爱情一样慎重。既然有人可以花上十几万元买一个钻戒去追求心爱的女人,那么也就有人可以连夜开车送一只黄雀去找到它继续飞翔的希望。

手术开始的那一刻,洛江的整颗心都悬了起来。他感到那个被

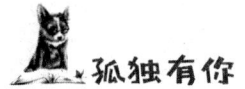

放在手术台上的并不是他的黄雀,而是他自己。他永远也不会忘记在几年前,那个给他整个飞行生涯判了死刑的诊断书,而现在,他只希望历史不要重演。这只黄雀飞进他的生活,不是为了重复他的悲剧的。

几个小时后,当手术结束。他用殷切的目光在医生的脸上寻求答案,然后得到了一个尘埃落定的微笑。

洛江并不是一个喜欢谈论自己生活的人。所以又一年初春到来,当他回到公园,当那些打太极拳、晨跑、打篮球的伙伴们问起为什么最近都没看到他时,他只说是因为工作繁忙。他拎着他的鸟笼,来到他一贯会去的那个小空地。

他在长椅旁坐下,把鸟笼放在身旁,打开了笼门。

"飞翔吧,我的朋友。"他对鸟笼内的小黄雀说。

小黄雀仿佛听懂了似的,它抖了抖恢复完美的翅膀,鸣叫一声,然后冲出鸟笼,直飞到天空上。

而那里,曾经,也永远都是洛江内心最深处的渴望。

爱屋及乌

当时针指向 4 点的位置,原本安静忙碌的办公间内顿时变得散漫而且喧闹了。

"下班去哪儿玩?"

"直接回家喂猫啊。"

"哥们儿今天晚上别忘了一起看球赛!"

"算了吧,今天那场想都不敢想。"

"那书看完没呢?看完别忘了还我!"

"哪本书?哪天借我的来着?"

话题繁杂的下班时分的吵闹时光里,高岩松动作迅速又平稳地收拾好了需要回家处理的文件。而他的目光总是时不时飘向斜对面那个穿着牛仔服扎着马尾辫的女孩子。

女孩子正在整理桌面,直到一切都整齐干净之后,她才站起身,背上背包,准备离开办公间。

"子墨!"高岩松忽然叫住了她。

子墨回过头,茫然看向高岩松:"怎么了?"

当她回过头的那一刻,高岩松产生了那么一瞬间的幻觉,他觉得好像有春风吹过似的,周遭的一切喧嚣都在这个瞬间内不复存在了。她像是有种魔力,可以将自己与周围的空气隔绝开来,而她所处的空间内,安静如同夜空,清丽如同早春的清晨。

"嗯……你的帽子。"高岩松指了指子墨放在电脑后面的毛毡帽,礼貌地微笑着提醒她。

她先是一愣,接着立刻恍然大悟,她笑起来,这笑容甜甜美美的。

"谢天谢地!"她自嘲地笑笑说,"我总是这么丢三落四。"

她拿起帽子戴在头上,对高岩松摆了摆手,"拜拜!"

"拜拜。"高岩松也微笑回应,目送着她走出了办公间。

直到她的身影彻底消失不见了,高岩松才长长舒了口气。

很好,他又错过了一次与她一起下班的机会。

明明刚刚是个绝好的机会,他可以借着两个人讲话的机会走过去,只要随口那么一提,就能跟子墨一起下班了。他们的下班路上有一段重合的路程,虽然后面就要分开,但至少那段路程他们是可以一起走的。

然而他再一次错过了机会,就如同之前那几次一样。

他觉得自己实在是差劲透了。

从高岩松来到这家公司的那天开始,他就没办法不被子墨的身影吸引。那或许就是传说中的一见钟情,子墨几乎符合他心目中完美女孩的一切条件。她很好看,但并不是艳丽,而是让人如沐春风的那种好看,她的性格温柔,却又不怯懦,正相反,她行为举止落落大方,一看就是拥有良好的家教和出身。但这些都不重要,重要的是，每次他看向子墨的双眼，都仿佛能看到一个无比美妙的，充满世间所有美好的宇宙。

他很想走进那个宇宙，看看那里的银河是什么样子，那里的星空是否闪烁着五彩斑斓的群星。

但他并没有这样的胆量和勇气，爱情是这样让人颤抖又让人敬畏的东西，当你越是接近它，便越是心存怯意。仿佛只要你伸伸手，稍稍发出一点不和谐的声音，它便会迅速发出无数的利刃，直接刺透你的心脏。

而高岩松正是那个因为害怕疼痛而不敢朝前行走一步的人。

"晚上一起去吃饭？"同事小王打断了高岩松在上班时分的走神。

"去哪儿？"

"海底捞，公司附近新开的那家，大家都想去尝尝，我过来问问你的意见。"

"正好，我馋海底捞很多日子了，还有谁去？"

"还是那几个人，还叫上了策划部门几个妹子。"

"妹子？谁的主意。"

"你猜呢？"小王笑着拍了拍他，然后离开了他的桌旁。

策划部的妹子，高岩松知道子墨也在策划部，但他觉得事情应该不会有那么巧。

然而事情就是有那么巧，在海底捞，被叫上的那几个姑娘里，其中就有高岩松心心念念的谭子墨。

好极了，高岩松心想，今天这顿饭他别想吃爽快了。

果然，当饭菜上来，他根本无心吃饭。他不敢抬起头，仿佛不论他把视线放在哪里，最后都会投射到子墨的身上，最让他心烦的是子墨只是在同其他同事笑着聊天，好像完全没意识到他的存在。

好吧，他本来也不是多么有存在感的人。

为了解除他单方面的尴尬，他唯一能做的只是在这边一杯一杯喝着酒，连鱼肉都没能吃上几口。

他几乎没注意到这场饭局是何时结束的，他只知道自己晕乎乎的，而当其他人开始起身离开时，他也就拿好衣服和公文包一起跟着出了门。

当走出门口，一阵夜风吹过，这让他的酒醒了大半。

"子墨！"他听到有人叫住了子墨，而他没办法不去注意那边，一个同事正拦在子墨面前。

"别回去了子墨，我们去唱歌吧！"那个同事大大咧咧地朝子墨喊着。

"现在太晚了，我得回家睡觉。"

"睡什么睡，明天又不用上班，咱们去KTV喝一晚上多好！"

"你自己去吧，我不想去。"

高岩松的心中涌起一阵怒意。

他静静悄悄地喜欢了子墨那么久，还从来没敢对她这么嚣张地说话，这个臭小子他算老几，凭什么就这样拦在子墨的面前！

他直接走过去，挡在了子墨跟那个同事的中间。

他摆出一副不可冒犯的气势，对着那个同事态度强硬地说："她有约会了，要唱歌你自己去！"

那同事愣了愣，有些退意，看起来高岩松此时的表情一定很吓人。

"开个玩笑，别放在心上，拜拜！"同事对他们做了一个再见的手势，跟跟跄跄走入了黑夜之中。

高岩松回过头，看到子墨笑盈盈的双眼，他的气势瞬间全部熄灭了。

"呃，嗯……我看他不怀好意。"

"那你呢？"子墨有些狡黠地看着他，"你怀好意吗？"

"我？我当然是……"

好吧，如果他说他没有任何想法，那么他就是一个虚伪的人。

"听说我们有约会？"子墨微笑着问他。

"我那只是……只是跟他……"

"什么时间呢？"

高岩松一愣，他随口说出："明，明天？明天中午。"

"好的，明天中午，地点微信上定。"

子墨说完，脚步轻快地从他身边越过，走向街边去叫了辆出租车离开了。

而直到高岩松恢复了思考，他才意识到，他的女神好像是答应了跟他约会？

他怀疑自己是在做梦，回过头，看到海底捞的霓虹在不断闪烁。

真是神奇的地方。

第二天，一直到与子墨互发微信定地点，高岩松仍然感到自己在梦幻之中。

这一切都太不真实了，老天对他从来都没这么好过，怎么会忽然就开始眷顾他了？20多年里他过着的向来是中规中矩的日子，虽然没摊上过什么坏事但也从来没什么好事落在他头上，怎么这次就例外了呢？

而当他来到那家子墨与他约定的餐厅，他终于明白过来。

果然命运从来都不会那样眷顾他，在上帝为他打开一道门的同时，总会为他关上一扇窗。

这家餐厅，是一家猫主题餐厅。

换而言之，这家餐厅里面，将会看到到处都是萌萌的可爱猫咪。

高岩松这辈子没怕过什么，他连蜘蛛都不怕，可他就怕猫，每次听见猫叫，他的汗毛都会竖起来。

这简直是教科书式的讽刺幽默。

"怎么不进去？"子墨的声音忽然在他耳旁响起，他偏过头，看到今天的子墨穿着一件轻松的休闲装，不惹眼但是跟她很相称。

"因为我在等你一起进去。"高岩松笑笑说。

好的，非常好，就这样继续，高岩松在心里给自己打气，第一次约会，他必须保持形象。

"那走吧！"子墨开心地拉着他的胳膊，两个人一同推开了餐厅的玻璃门。

这的确是一间非常符合主题的宠物餐厅。每个餐桌旁都用漂亮的笼子装着品种各异的猫咪，他们坐的这桌上面放的好像是只加菲猫，高岩松记不清以前看什么电影的时候好像看见过这种猫，而餐桌本身和椅子也被设计成了猫咪的形状。高岩松感到自己仿佛走进了怪兽的口中，越是深入就越是无法逃脱了。

但爱情的力量是强大的，只要看到子墨，他又顿时感到胸中充满了勇气。

他们来到一张靠近窗口的桌旁坐下，两个人点了一些菜，当服务员把菜端上来，连盘子都是猫咪形状的，就连筷子头都是一个Hello Kitty。

高岩松有些哭笑不得，他曾设想过无数次与子墨约会的场景，或者浪漫，或者温馨，或者欢乐，但现实果然永远能出乎你的意料之外。

尽管带着战战兢兢和强大的心理障碍，高岩松仍然从头到尾保持形象没有失态。而他们的话题也从公司里的八卦变成了各自的生活。

"我爱这些猫咪爱到不行，"子墨说，"它们那么可爱，就像从天上降下来的天使，它们就是为了让这个世界变得温柔才存在的。"

她不停抒发着对猫咪的爱意，当她的目光落在餐厅内的猫咪身上时，她眼底充满了柔情，那幅画面让高岩松想起外国黑白电影中的女主角们。

神奇的是，在听子墨倾述对猫咪爱意的过程里，他对猫的恐惧也在渐渐消失。

当听到猫叫声，他的感受也从一开始的心惊胆战慢慢变成了充满怜惜。

就好像他的灵魂受到了另一个灵魂触手的拨弄，从而改变了它原本的模样。

"我很担心，"子墨继续说着，"现在宠物有点泛滥了，很多人根本不了解宠物，为了时尚还是为了什么，在什么也不知道的前提下擅自去养猫，几个月后，甚至是几周之后，他们发现自己不适合养猫，就把它们遗弃，这不仅仅是不负责任，甚至是残忍！"

"这种人真过分。"高岩松说，"但又不能全怪他们。现在网络上有很多萌宠宣传，很多人看这些宠物可爱，一时冲动就去养了。"

"没错，所以我们得做些什么。"子墨看着高岩松说，"不能任由事情这样发展，我们可以写一些文章宣传，或者是成立一个公众号，甚至建立一个网站！"

高岩松只听到子墨说"我们"，她在用"我们"来形容她跟高岩松，这是不是意味着他跟子墨的关系已经更加接近了一步？

"如果你有这份心意,"高岩松说,他的态度认真而且诚恳,"我很愿意跟你一起完成这个,我们说不定能做出一些很不寻常的事情。"

子墨朝他眨了眨眼,笑嘻嘻地问他:"不寻常的事情,比如下次约会,或者是下下次的约会?"

"不错的建议,我接受了。"高岩松笑着回答。

子墨也不由得大笑起来。

子墨并没有说错。他们的确有了下次约会,也有了下下次的约会。而每一次约会几乎都是与猫咪有关的。

他们去了猫咪救助站,去接触了其他爱猫一族,参加了子墨的宠物协会的活动,还去了子墨家吃火锅。

当然,在子墨的家中吃火锅也是与猫有关的,因为在子墨的家里养着18只流浪猫。每一只猫与子墨都有一段不寻常的故事。

"只要你愿意听,"子墨一边捞起火锅里的鱼丸,一边看着高岩松的眼睛说,"我就愿意把每一个故事讲给你听。"

而高岩松非常希望听到那些故事。

因为他知道,在子墨那双美丽的眼睛内所包含的宇宙里,正是那些故事编织成了最美妙的星河。

第 2 话

那些年被毁掉的自拍

自从微信朋友圈正式在社交网络上大行其道以来,岳小月的朋友圈就永远都是一道十分别致的风景线。

别人的朋友圈刷起来,无非是美美的风景,美美的新衣服,香香的美食,欢乐温馨的一天,当然,也不乏那些晒娃爱好者或者是晒猫晒狗爱好者,这些算是朋友圈的普遍生态。

但岳小月的朋友圈,实在很难给她确定一个准确的定位。

首先,那些照片,几乎没有一张可以跟"好看"、"美"挂钩,其次,虽然那些照片内都有她养的猫咪的出镜,可那些与其说是晒,不如说是无可奈何。

打开岳小月的朋友圈,看到的基本都是这样的状态:

配词:今天很开心,吃了自己亲手做的松饼。

照片内容:三分之一是正吃着松饼的岳小月的半张脸,另外三分之二是不知什么时候冲进镜头前的大脸猫。

或者是这样的:

配词:时间到,我要睡个美容觉啦,大家晚安。

照片内容:一张处于惊吓状态的岳小月的脸和一双正在她头上

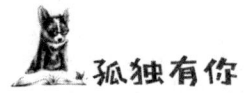

乱抓的爪子。

而这,就是岳小月朋友圈的常态。

"晚上好,小闪!"

当岳小月结束一天的忙碌工作回到家时,窗外已经只见得到城市霓虹的光亮了。

她并不希望回家这样晚,她也希望自己能如其他人那样每天不到5点就回家,然后带着自己的宠物,或者是跟自己的恋人一同出门散散步,直到黄昏时分才往家走。但这对她而言只是奢侈的想象,她已经很久都体会不到夕阳的玄美,感受不到黄昏的诗意了。

她每日里匆匆忙忙,大部分时间都投入在工作中,这是她自己选择的生活,没有任何抱怨的权利。

只是,每一天当她回到家中,当看到躺在沙发上的孤孤单单的小闪,她仍然忍不住心怀愧疚。

"今天我给你带了你最爱的进口小饼干!"岳小月把背包挂在墙上,直接来到沙发上坐下,随手把小闪抱在怀里,轻柔地抚摸它的洁白的毛发。

小闪却没有任何埋怨的意思,只是安心躺在小月的怀内,乖巧听话得惹人生怜。

"我爱你小闪。"小月温柔地对它说。

小闪轻轻地发出喵呜声,这是它独特的撒娇方式。

小月忍不住无奈地笑起来:"如果我下次自拍时你也能这么乖就好了。"

小月轻轻把小闪放下,站起身去背包那边取出了下班时在超市买的小饼干,她打开包装,把小饼干倒在小闪的碗里,接着把碗放到沙发边:"吃吧小闪。"

小闪也不急,悠悠然地刁起一块小饼干,慢慢地嚼起来,就像一个家教良好的小公主。

小月这才放下心来,她从衣兜里拿出手机,来到自己的工作台前,决定为今天的充实生活做一次总结。

没错,她的工作很烦琐,工作量很大很累人,但同样也具有非常了不起的意义。她是在研究所工作,每天她做的就是观察各种病菌,通过分析数据结果来让人类生活得更加健康和安全。

所以,尽管要早出晚归,尽管总是带着一身疲惫,她的心中仍然充满了正能量,而她很希望能将这份正能量传递给她朋友圈里的每一个人。

她举起手机,摆出一个最基本的胜利的手势,就在她按下快门的那一刻,她只觉得肩膀一沉。当她反应过来时,再低头看手机,只看到一张她完全蒙住的脸和一只不知何时飞到她肩膀上的正张着大嘴的无比兴奋的猫咪。

她猛地回过头,看到始作俑者正迈着悠哉的步子走回到沙发上,继续吃它的小饼干。

岳小月简直哭笑不得。

她的小闪是绝对的腹黑属性,而且是那种明摆着坏事都是它干的但你却无法狠下心去责备它的那种。

"小闪!"岳小月提高了声音,接着就看到小闪抬起头,用那双无辜的大眼睛看着岳小月,仿佛完全不知道发生了什么。

"……好吧,没事,继续吃你的。"

曾看过一句话:"猫撒娇,不会让你感觉它是在索取什么东西,而是让你体会到彻底的治愈和甜蜜，这就是猫的天才。"而她似乎一次次败在了这种甜蜜之下，还有点"沾沾自喜"。

岳小月摇摇头，她继续操作她的手机，在那张古怪的自拍下写上说明：忙碌又充实的一天，今天的小月仍然是棒棒的！

她想如往常那样直接点发送，但她犹豫了片刻，觉得这实在是太自欺欺人了一些，这样一张自拍照不论怎么看也不像是"棒棒的"呀！

她咬了咬下唇，终于又在后面敲上了一句话：如果我的小闪没有突然冲过来捣乱的话。

第二天早晨，当岳小月起床，她第一件事就是打开手机查看朋友圈，接着她就被朋友圈的几十条消息提醒吓了一跳。

她的朋友圈平时很少有人留言的，最多有那么两三个人点点赞，怎么忽然会多出来这么多留言？

她一一看过去，发现基本内容都是这样的：

"原来这只猫是真实存在的！我还以为是我的幻觉！"

"小月原来你能看到这只猫啊，我一直以为你跟我们看到的不一样呢。"

"它叫小闪吗？真可爱，这么久了总算知道它的名字啦！"

"你每次的配词都跟照片内容严重不符，我还以为这是特别的幽默感呢。"

……

岳小月哭笑不得。

虽然她的自拍几乎都被小闪破坏掉了，但这真的不是她的本意，她原本希望发送的是她充满自信的笑容啊！

她继续向下翻，又看到这样一条留言："这位小闪这么喜欢拍照，你该多给它发点好看的照片啦。"

岳小月无奈地苦笑，她当然也很想如其他人那样给自己的宠物照一些美美的照片晒出来，但事实是，每一次她把手机镜头对准小闪，小闪都会以最快的速度从镜头前逃开，没有一次，她真的是没有一次能成功拍到小闪的完整照片，当然，除了这些忽然闯进她镜头里的大脸。

她还能说什么呢？她的小闪就是这样充满个性的一只神奇的猫咪。

就在她浏览的过程里，她的留言数量还在不断增加，这个时候忽然有一条信息发进来，她点开信息，看到是她的大学同学兼好朋友小雪：

"恭喜你，你红了！"

这样一条没头没脑的信息让岳小月有些摸不着头脑，她发回去了一条问号。

片刻后，对方又发过来一条："我把你的朋友圈截了图发在同事群里，现在大家都在跟我要你的微信号，哈哈哈，你的朋友圈实在是太逗了！"

"别闹，"岳小月写回去，"我连一张正常的照片都没有。"

"但是多有趣啊！这么充满惊喜和意外的生活，别人想要都得不到呢！"

"是惊吓吧！它总是忽然闯进镜头里，我都不知道它是从什么地方冲过来的，它好像有第六感，每次，我是说每次，只要我自拍，它都能神不知鬼不觉闯进来，可我要给它拍照片它又躲得远远的。"

对方沉默了片刻，就在岳小月以为对方不会再回消息了，打算

离开对话框时,又看到这样一条:

"也许它只是不想自己一个,只是想跟你一起呢?"

岳小月心下一动。

她忽然明白过来了什么。

是啊,也许小雪说中了关键。

回想起来,她跟小闪相处的这些年里,他们几乎很少一起出门,虽然每天她都会给小闪带很多好吃的好玩的,但她真正陪伴小闪的日子其实非常有限。

所以小闪总是这么积极闯进她的自拍照,也许只是为了能留下更多的跟她一起的回忆呢?

岳小月觉得鼻子有些发酸。

小闪这是独自忍受了多少孤独,度过了多少难熬的日子,才想出了这么一个馊主意啊。

她没再理会其他留言,而是放下了手机,直接奔向客厅内,在那里,她的小闪仍然趴在她柔软的床上,懒懒地沉浸在梦乡之中。

岳小月蹲在小闪的身前,安静地看着沉眠中的小闪,在想,那柔软的毛皮之下,那轻柔闭上的双眼之后,此时正在经历着怎样的梦境呢?那梦境中是小闪独自一个,还是时常拥有岳小月的陪伴呢?

她无法猜清楚她的猫咪都在想些什么,但她知道的是,从今往后她不会再让小闪承受那么多的孤单了。

四

从那天起,原本每隔两三天才发一次自拍的岳小月忽然热衷起刷屏了。每天的下班时间里,朋友圈内总能看到岳小月的疯狂自拍,自然,每一张都少不了她家的小闪出镜。

而小闪的出镜方式永远都是那么特别，要么是忽然从旁边闯进一张大脸，要么是用爪子占领几乎整个镜头，要么是把岳小月的形象搞得一团糟，而配词也不再是莫名其妙的心灵鸡汤，而是变成了用小闪的口吻发出的留言，比如：

"今天的存在感仍然爆棚。"

"小月永远不知道我会从哪个方向出现，我棒极了！"

"你们能看到我吗？这是被我的蠢主人照糊了的肉爪。"

……

当然，这些留言都是岳小月忍着笑意敲下来的，每次发出之后她都会抱起小闪哈哈大笑。

而小闪用一种仿佛在看傻瓜的神情莫名其妙地看着岳小月，大概是不知道最近它的主人发了什么疯。

一时间，岳小月成了微信上的红人，每天都有大量要求加她的好友申请，她开始认真考虑是否需要建立一个公众号来发布她跟小闪的日常。

最神奇的是，当岳小月想要抱着小闪发些展现他们亲密关系的自拍照时，小闪总是迅速逃离她的怀抱，躲到一个绝对不会被拍到的角落，只有当岳小月开始自拍时它才会冲过来。

大概这是小闪独有的癖好吧。岳小月只能这样想。

不过正如小雪所说，正是小闪这独特的癖好，反而为岳小月的生活带来了无数惊喜。而翻阅从前那些被毁掉的自拍，岳小月愈发觉得，与其他朋友们的自拍比起来，她那些乱七八糟的照片反而是最有趣，也最是值得珍藏和回忆的。

飓风

"保持闭紧你的眼睛。你确定已经闭上它们了吗?"

莫里安点了点头,此时他紧闭着双眼,不敢睁开。父亲的双手覆盖在他的双眼上,确保他不会提前看到为他准备的那份惊喜。莫里安的眼前一片黑暗,与视线一同消失的还有他身体的平衡,他必须扶着父亲的胳膊才能保证自己不因跌撞而摔倒。

莫里安一直都是个听话的少年,他是那种走到哪里都会被夸奖有礼貌有教养的模范孩子。他会为了不使父母失望而熬夜练琴到后半夜,会为了让同学开心而把自己最心爱的尺子送给对方。

在许多人的眼中,能拥有莫里安这样的孩子便是父母最大的追求。没有人知道,在莫里安温顺谦逊的表面之下是一个孤独症患者。

他并不明白自己身上发生了什么,他只知道他已经越来越感受不到快乐,这让他非常痛苦,他不想令父母失望,但他仿佛陷入了一个无形的深渊,在深渊之下,有一双可怕的大手牢牢抓住他的脚踝,不论他如何努力,都无法挣脱开来,而这,他不敢对任何人述说。

一个月前,他的爸爸带他去看了医生。

第 2 话

　　那是一段十分不愉快的经历。他不需要看医生，因为他并没有得任何病，他的爸爸误会了他，为此，他激烈地反抗了。

　　他的记忆发生了断层，事后他回忆了许久，但无论如何他都无法想起当时发生的细节，他只记得一阵痛彻心扉的愤怒，以及当他冷静下来，看到的满地书籍和倒在地上的书架，还有那个他妈妈最心爱的花瓶。

　　他痛哭起来，不知道自己究竟是怎么了，他一定是发了疯，这样的自己让他羞愧万分，他不停对着父亲说道歉，并终于被他父亲一路拉到医生的办公室。

　　医生问了他许多问题，他一一回答了，尽管他并不知道这些问题有什么意义。后来他看到医生在对父亲说着什么，他只能看到医生的嘴在动，却听不见他的声音。

　　在那之后，他的生活又恢复了平静，他努力控制自己不再发生那样可怕的失控事件。尽管那双紧紧抓在他脚踝上的手已经把他拉向了深渊内的更加黑暗之处。

　　他不知道为什么要在此时想起这些，他的父亲正在推着他向前走，他能感受到自己来到了户外，他听到树叶随风摆动的声音，听到鸟儿鸣叫的声音，还听到了马蹄声。

　　马蹄声？

　　罩在他双眼上的手松开了。耳边是父亲轻柔的声音。

　　"你可以睁开眼睛了，莫里安。"

　　莫里安听话地睁开了眼睛，他首先用几秒钟适应了户外刺眼的光线，接着便看到了呈现在他眼前的小东西：一只漂亮英俊的小白马。

　　他倒吸了一口气。

　　"生日快乐，莫里安。"父亲蹲在他身旁，温柔地对他说道。

许多年后，当莫里安独自躺在床上回想起那一刻时，他都忍不住热泪盈眶。

那是他即便在最艰难的日子仍然照耀着他的，最美妙的光芒。

后来莫里安才知道，当年那个14岁的自己是患上了轻微抑郁症，那股拉着他投入深渊的力量便是抑郁症带来的幻觉。而那匹小白马是父亲高价买来治疗抑郁症的良药。

事实证明父亲从医生那边获得的建议是有效的。

莫里安爱疯了这匹白马，他给这马取名为飓风。那一整个暑假里，他每天都在马场痛快驰骋。他找不到比这更使他开心的事情了。在他的内心深处，那股可怕的黑暗力量正随着他在马背上的奔跑而渐渐被甩到身后。

那时他仍然不知道自己究竟发生了什么，但他知道自己正在渐渐好转。

他在同学中人缘很好，但他又并没有真正的朋友，每个人都离他很近同时又仿佛很遥远，这常常使他痛苦。

暑假的最后一天他仍然是在马场中度过的。他想起这整个暑假里，都不曾有任何一个同学找他一起出去。

他知道他们约好了出去爬山，知道他们还出去野餐过，甚至在野外一起过夜，但从没有人邀请他参与其中。他并不想去探寻其中的原因，任何一个答案都会使他心碎。

他骑着飓风穿过树林，越过小土坡，绕着那些安全的跑道一圈又一圈奔跑。他的不快，他的平静表面之下的埋怨，都随着奔跑而渐渐变得模糊了。

他看到远远的天空上,那块形状特别的白云,就仿佛是一批生着翅膀的飞马。他命令飓风停下来,一人一马停留在半途中。莫里安仰望着蓝天,而飓风则发出快乐的鸣叫声。

莫里安弯下身来,他轻轻抱住了飓风的脖子。

"你就是我最好的朋友,我们永远都不会分开。"

飓风好似听懂了一样,它踢着地上的土,扬起了阵阵灰尘,这淘气的行为惹得莫里安大笑起来。

但笑过之后,莫里安内心里又升起阵阵悲伤。

"明天学校就要开学了,我以后每个月只能有一天来跟你一起玩,我真不想跟你分开。"

飓风用脖子蹭着莫里安的脸。

"但是没关系,不要担心飓风,等我毕业之后,我会成为一个职业赛马手,那时候我们就能天天在一起,永远都不会分开。"

飓风的马蹄嗒嗒地踢着地。

"这是我们的约定,谁都不许违约。"

飓风长鸣了一声,莫里安认为它一定是听得懂的。

当然,后来有许多许多次,莫里安都希望当初飓风并没能听懂他在说什么。那时候他还没有意识到这是一份多么难以达成的约定。

有无数次,他痛恨自己是如此天真,14岁的他尚不懂得什么叫作命运的无常,人生的无奈。

那是在与飓风共同度过的第二年,一切都变化得那样迅速,莫里安尚没有弄懂发生了什么,他家的房子忽然不再属于他们了,家里的轿车也忽然不见了,甚至那一直在家中照顾他的阿姨也离开了他们。

最艰难也最令人难以接受的是，有一天父亲忽然把他叫到跟前，告诉他，以后飓风将不再属于他了。

"飓风需要专业的饲养，需要上好的饲料，每天需要专人照顾，还需要它的专属马厩，这些我们再也负担不起了。"

这是父亲对莫里安的解释，但莫里安无法接受。

他紧紧抿着嘴，一言不发，只是瞪着父亲，就像在瞪着全世界最可恶的坏人。年轻气盛的他看不到父亲在一个月内迅速苍老的面容，看不到父亲两鬓忽然增多的白发，更看不到原本意气风发的父亲此时已经变得疲惫不堪。

"不要任性了莫里安，我们家破产了，你已经长大，得学会接受这个事实！"

"坏人！"这是莫里安唯一能吼出的声音。

父亲没说什么，他把莫里安单独留在房间内，转身走了出去。

不论接受与否，从那天起，莫里安再也没能见到飓风一面。他与父母三人住在低矮的廉租房内，每天吃着简单清淡的饭菜，过着清苦的生活。他的父亲每天早早就走出门去干活，当晚上父亲回来时，身上经常带着不知从何处得来的伤口，母亲则在家中为邻居洗衣服。小小的莫里安不明白这些都是为了什么，但渐渐地，他开始学会理解父母，开始让自己去接受这一切，并且帮助父母承担起家庭的重担。

这样过了几年。

当读完中学，莫里安没再继续去读大学，他的家庭无法负担这样奢侈的选择。为了帮助父母承担债务，他去了马场打工。

他发现日子并没有糟糕到无可救药的地步。

在马场，他学会了很多照顾马匹的学问，也认识了各种马的种类。他常常想,如果当年他能懂得这些知识,是不是就可以把飓风留下来?

他仍然记得与飓风之间的约定,尽管他根本不知道飓风去了哪里,甚至不知道是否飓风还活着,但只要他还能走能动,只要他还有一息尚存,他就不会轻易放弃这个约定。

这只是短暂的分离,他告诉自己,也告诉不知在何处的远方的飓风,这个短暂的时长有一些漫长,但是这分离总会结束,他们一定能获得最终的重逢,而这是支持他走下去的唯一信念。

他在马场工作得非常勤奋,一年后就被升为小主管,第二年更是被升为经理。

在莫里安 22 岁那年,他家的债务终于偿清了。这其中有他的一份功劳,但更多的是靠父亲的努力,父亲当年虽然生意上遇人不淑导致破产负债,但他的魄力犹在,投资的目光犹在,当债务偿清,他家已经有了东山再起的势头。

那天,莫里安记得那应该是他 23 岁的生日,父亲把他叫到身前,给了他一张名片。

那就是当年从父亲手里将飓风购买过去的人。

四

再见到飓风时,当年的小马已经长成一匹英俊的高头大马了。

"真是个感人的故事!"身旁那个有些肥胖的矮个子中年男人兴奋地说,"本来我不想把它卖出去,但是我该说什么呢?我被你感动了!"

也是个曲折的故事,莫里安心想。

为了找到飓风,莫里安坐了 5 趟飞机,赶了三天三夜的火车,从一个买主辗转到另一个买主,唯一支撑他继续的力量就是对飓风的执着。最后总算是功夫不负有心人，他在大南方的一个马场终于见到了飓风的身影。

当飓风看到莫里安，立刻长鸣一声，兴奋地立起两只前蹄。

"天啊！它还记得你！"中年男人惊奇地说，"这简直就像是童话故事！"

莫里安已经不再是孩子了，他无法表现得像小孩子一样手舞足蹈，他把双手紧紧握在一起，努力压抑激动的情绪。

"飓风！"他大声喊着。

飓风飞速奔跑过来，越过了拦马的栅栏，这个动作非常危险但它无所顾忌，它直接飞奔到莫里安的面前，柔顺地弯下了脖子。而莫里安再也无法抑制自己，紧紧抱住了飓风的头。

莫里安并没有带走飓风，很显然，飓风已经习惯了大南方的气候。为了完成当年的约定，莫里安辞掉了他在北方马场的工作，拿着自己攒下多年的钱留在了南方。

现在，当赛马圈内提起圈内的传奇故事，总不免要提到莫里安和他的飓风。

莫里安在来到南方的第二年拿到了职业赛马手的证书，其他赛马手总是会为自己准备好几匹马，这是为了能在比赛中拿到最好的成绩，但莫里安只有飓风一匹，当飓风状态不好或者生了病时，他会直接拒绝比赛。

因为对莫里安来说，取得名次从来都不是他的追求，能与飓风一起在马场上驰骋才是他真正想要的。

第 2 话

被依赖的幸福

是谁陪伴了你最孤独的时光,而你是否给了伙伴同样的温暖?

君君是在上班的路上与小黄认识的,小黄是只流浪狗,它经常在君君的公司楼下徘徊,君君第一次见到小黄时,它摇着尾巴,看起来十分热情。每次君君难过时,都会找小黄倾诉,他们习惯一起在公司后面的长椅上休息,有时候晒晒太阳。

君君总是惦记着它,给它从家里带些好吃的,或者在路边摊买些热的食物。有一次,她看到其他人狗欺负小黄,君君上前吓跑了它们,君君会用水给小黄洗澡,希望小黄洗得干净漂亮些,不要受到其他狗狗的歧视。

小黄站在街头,眺望着远处,它在等着君君中午下班,每次这个时候,君君都会来看望小黄,顺便给它带些食物。当它玩累了的时候,就会静静地守在君君身边,头靠着她的脚,君君感觉到一种被依赖的幸福。

每次黄昏时,小黄都知道,君君要回家了,它的目光一直追随着她,默默看着她远去,每天重复着期盼与等待。

孤独有你

今天，小黄抢在君君前面，嘴里拎着她的包。君君一上车，发现小黄已经待在车里了，不知什么时候上来的，小黄一直用眼睛看着君君，它想跟她走。

君君家里只有男友和她两个人，男友对动物皮毛过敏，所以君君不能带小黄回家，小黄紧紧地趴在靠椅上，君君载着它走了一段路，小黄以为她要带它回家了，心里有一点兴奋。

君君最后还是要把它送下车的，君君摸了摸小黄，她打开车门，慢慢地推着小黄，小黄紧紧抓着门把手，君君安慰着小黄："明天我们又见面了，乖，下车吧！"

小黄仰着小脸听着，眼睛里充满了不舍和委屈，就是不肯离去。小黄被君君连哄带骗地推下了车，她迅即关上车门，飞奔而去，小黄一直跟着车奔跑，渐渐地，它的身影越来越远。

君君第二天照常上班，午餐时间她在长椅周围寻找着小黄，但怎么也找不到，君君感觉到奇怪。她拎着热腾腾的饭菜，呼喊着小黄的名字，但是没有人搭理她。

君君在一个小土堆后面找到了小黄，它无精打采趴在地上，像个闹别扭的小孩子，君君俯下身摸了摸小黄，她说："小家伙，生气了？看，今天给你带什么了。"君君提着骨头在小黄面前晃来晃去，小黄闻到了香味，它动了心，开始大口吃起来。

君君和小黄和好了，他们一起度过了大半年的时光。

第 2 话

三

　　快过年了，公司要放年假，君君决定和男友一起回老家，可是小黄该怎么办，这件事，她想了好几天。

　　小黄和自己待了这么久，感情深厚，君君不想把它一个人丢在外边。君君到附近转了转，她找到了动物寄养所，希望他们收养小黄，君君交了一笔费用，准备带着小黄来新家。

　　第二天，君君带着小黄来到寄养所，小黄看起来还是激动的，它找到了自己的小伙伴，小黄正在和伙伴们一起玩，看到这里，君君放心地回公司了。

　　没想到的是，晚上下班时，小黄居然自己回来了，君君认为它刚开始可能不熟悉新环境。

　　和昨天一样，君君今天又跑了一趟寄养所，嘱咐管理人员把小黄锁在笼子里，但没过几天，小黄经过一路奔波居然又回来了。此时的小黄看起来很虚弱，君君用车载着它又去了寄养所，临出发的时候，小黄说什么也不肯上车，但是最后，还是被送到了目的地。

　　后天就放假了，君君这两天一直在观察，小黄并没有回来，君君放心地走了。

　　放假期间，君君时常会想起小黄，过年回来，她第一件事就是去寄养所接小黄，不过，他们的缘分可能已经到头了。

　　寄养所的笼子中，一个瘦骨嶙峋的黄狗摊在地上，管理员十分抱歉但是它们也没有办法，小黄由于伤心过度，日渐消瘦，最后病死了。

　　"整整几个星期，它一直看着窗外，就在今天早上，发生了这件事。"管理人员对君君说。君君抽泣着，眼泪汪汪，后悔自己所做的决定。

　　人永远不知道下一秒会发生什么。

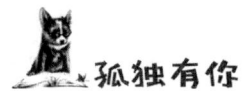

  自从小黄去世后,君君换了一家公司工作,也有了新的恋情,也就是她现在的丈夫,以前的男友早已经淡忘了。但是君君结婚后,一直忘不了小黄,有一天,她在宠物网站上看到了与小黄长相十分神似的狗狗,不过品种不一样,这只狗是个贵宾犬泰迪,她和老公商量后,最终决定在网站花钱去买。

  君君这是第一次在家里养狗狗,她希望自己的狗狗能够健康快乐地成长,所以起名为康康,康康是她第一眼就看中的,算是一见钟情,但可能是因为它带着小黄的影子。

  康康长着一张不规则的脸,上小下大。它的耳朵耷拉在脸的旁边,像个防风罩,一对水汪汪的大眼睛一直看着你,眼珠黑得发光。它有一身白色的毛,像是穿上了一件冬天的外套。最有特征的是它的鼻子,黑中带油,它总是仰着脖子使劲看着你,带有防备心。它的眼睛周围有暗红的斑点,准确说应该是泪水了。

  初次来到新家的康康,可能是因为在一个陌生的环境中还没有适应,找不到安全感,它蜷缩在笼子里一直不出来。君君在笼子边放了一碗水,小家伙一天都没有动弹,现在可能是口渴了,当周围没有人的时候,它悄悄地探出脑袋,用舌头一圈一圈卷起水中的波浪。

  隔天早上,君君准备去上班,公司距离家很近,她给康康准备了新鲜的狗粮,康康还在呼呼大睡。君君悄悄地走了,中午回来的时候,狗盆里的狗粮全都吃完了,君君心想:这小家伙,一定饿坏了。

  康康熟悉了几天环境,慢慢从笼子里走了出来,不过君君一接近它,它还是会躲。晚上,君君把家里全部的灯关掉后,康康突然叫了起来,君君慌忙地把照明灯打开,原来这小家伙是想撒尿了,不过已经晚了,康康尿了一地,君君只好自己收拾。

　　康康刚接回来的时候,君君丈夫建议打疫苗,虽然君君听说老板已经打过了,打过疫苗的狗狗一般可以避免生病,但是最后还是去了宠物医院,医生准备把一定量的病菌注入康康体内。君君站在康康身边扶着它,像扶着小孩子一样,康康一开始身体有点颤抖,君君怀疑狗狗会不会哭,但它在打疫苗的时候很坚强,没有汪汪大叫。

　　注射过疫苗之后,康康体内就会产生对这种病毒的抗体,医生嘱咐君君,注射过疫苗之后的康康抵抗力会暂时下降,打疫苗期间的狗狗不能洗澡,不能生病着凉,一周之内最后不要带它出去玩,好好在家休息。

　　渐渐地,相处久了,康康变得活泼起来,它勇敢地踏出笼子门,用鼻子在地上嗅来嗅去,左瞅瞅右看看,不再像之前那样胆小了,进食也逐渐正常了。有时候它会趴在君君的腿上睡觉,有时候会趴在她的背上。

　　康康一开始很瘦,可能是营养不良,君君给它煮骨头汤,让它按时吃饭,有时候吃些水果,每天都喂得饱饱的,康康现在胖得像个雪白的雪球。

　　星期天,君君和丈夫会和康康在一起玩耍,他们都很喜欢逗它玩。清晨第一眼,看着康康肉嘟嘟的身体在地上爬来爬去,好玩极了。

　　君君的丈夫买了飞盘,他带着康康出门了,君君随后就到。阳光下,三个灵活的身躯在奔跑,君君将飞盘用力甩出,康康用眼睛紧紧地盯着,蓄势待发,飞盘一扔,康康一个跳跃用力叼住空中的飞盘,然后迅速地奔回君君的身边,君君喊着:"哦,好棒!"她给

孤独有你

康康奖励了一块小骨头。

初期训练康康时，君君心太软，往往被狗狗牵着鼻子走，丈夫劝告君君："一开始一定要让康康听你的话，形成权威地位，否则以后很难改了。"君君听后，开始严厉起来，训练果然很有成效。

每个周末，他们都是在训练康康的时间之中度过，这样也是为了它的身体健康。

训练时君君很严厉，训练过后君君一下子豁然开朗，康康其实很聪明，虽然它天生就调皮，但是主人真生气的时候它会很乖很听话，有时候君君一个眼神，康康就知道她想什么，真正没有语言的交流才显得真情可贵。

康康有一个最让人的头疼的坏毛病，这是君君某一天发现的，那就是喜欢咬东西。康康长牙的时候会觉得口腔里痒痒的，它很难受，所以会去咬东西释放压力。

家里的毛绒玩具、布娃娃，被康康咬得破烂不堪，它圆溜溜的眼睛盯着床单，君君知道床单可能要遭殃了，她大吼一声，康康知道主人生气了，乖乖地走了。君君把家里坏了的衣服都丢给康康，她知道牙痒是很难受的。

君君每次回家，不管多晚，康康都会在门边等着她，只要听到君君的喊声，康康就会站起身使劲摇着尾巴，总会第一时间冲到君君身边，亲昵地蹭着她的腿，然后欢喜地"汪汪"叫两声。

康康很聪明，它能照顾孩子，隔壁大婶抱着孙子过来串门，君君倒好奶粉之后，康康咬着奶瓶喂奶给孩子喝，隔壁大婶对它赞不绝口。

第 2 话

六

在康康逐渐长大的过程中，它见证了君君与丈夫的感情，他们一直都很恩爱，康康陪伴他们经历了最重要的时刻，那就是生孩子。

当时的君君，满脸笑容，因为她怀孕了，每一个母亲都会十分疼爱自己的孩子，她期待着宝宝的诞生，但是怀孕期间很痛苦也有很多注意事项。

为了保证宝宝的健康成长，君君丈夫都会对康康的身体进行定期检查，生怕得什么传染疾病，一直保持着卫生。

君君有时候肚子会十分难受，疼痛难忍，康康呆呆地看着她，安安静静，好像明白主人的心情，它会乖乖地站在君君身边，陪着她度过不舒服的时光。

女性怀孕期间有时候会心情烦躁，那是因为孕妇在怀孕期间是很敏感的。君君因为一些小事和丈夫吵了起来，丈夫觉得她无理取闹，但是君君也不知道自己怎么回事，便独自一个人坐在沙发上哭了起来。这个时候，康康就会来到她的身边，一边用舌头舔舔她的泪水一边用温柔眼神看着她，

君君心情平复之后，康康拉扯着她丈夫的衣袖，丈夫走过来安慰她，丈夫理解妻子怀孕不易，二人解开了误会，丈夫原谅了她，二人的感情更加亲密无间，幸亏有康康的陪伴才让君君更加愉悦。

慢慢地，君君和丈夫意识到，康康——这只调皮聪明的小泰迪——已经成了他们情感中最重要的一部分。

一开始，康康还不明白君君怀孕的事情，还不太懂得顾忌她肚子里的小宝宝，有时候会像以前一样在君君身上活蹦乱跳。但是过了几个月后，君君的肚子慢慢鼓起来，康康转着眼珠，仰着头看着

她，君君对康康说："妈妈怀孕了，肚子里有小宝宝，你以后可不能乱来了。"康康仿佛明白了一切，每回经过君君身边时，它都是小心翼翼的，轻轻地绕道而行。

君君行动不便，没有人陪康康玩耍，它有点无聊，不过它一直盯着君君的肚子，好像对即将出生的宝宝十分期待。有的时候，康康会在君君身边转来转去，轻轻爬上沙发，它学着君君丈夫的样子，歪着脑袋慢慢靠在君君的肚子上，聆听宝宝在她肚子里的动静。

君君外出散步时，康康会在一旁保护她，像在守护着一个小天使，君君平常不乱咬人，但此刻，每当看到有别的狗狗靠近或者有陌生人走过来时，康康便会立马汪汪叫着，不准任何人靠近，像个小保镖。

有一次，君君买菜回来时，忽然发现自己的一把钥匙掉了，她便说了一句："这怎么办啊？"君君无耐地抓着门把手，就在这时，康康跑下楼梯，不知从哪叼着钥匙出现在她面前。君君十分惊喜，摸了摸康康的小脑袋。

今天是个开心的日子，因为君君生产了，她正式成为一个母亲，家里又添新成员了，康康活蹦乱跳，全家挂着幸福的笑容。

家有康康也是一件十分幸福的事情，君君不方便下地时，康康会叼着她的拖鞋来到她身边，有时候宝宝哭了，康康会在它身边跳来跳去，一直搞怪。

宝宝需要喝奶粉时，君君会细心地调制，调制好之后，康康会携着奶瓶递给宝宝，宝宝开始大口大口地喝，君君在拖地时，康康会看着宝宝，一有事情发生，它就会汪汪大叫。

君君的孩子正在发育，孩子很喜欢和康康待在一起，他们是彼此的玩伴，狗狗能培养宝宝的爱心、增强宝宝的责任感，和康康经常在一起对宝宝成长是有好处的。君君从怀孕起辞掉了工作，她主要负责照顾家里，家里有个宝宝，君君有时候累得喘不过气，而且很无聊，康康会经常逗她开心。康康和孩子每天依偎在一起，中午在对方的陪伴中呼呼大睡，康康是宝宝成长的重要伙伴。

某天，天气晴朗，君君带着康康和孩子外出玩耍，他们来到了当初训练康康的草地上，君君在一旁看着，阳光洒在他们俩的身上，她感觉好幸福。康康和孩子形影不离一起成长，孩子和君君一样，一定能感受到康康传递给他的温暖与感动。

八

若干年后，每个人的面貌都发生了变化，君君虽然没有以前那么漂亮了，但是她的老公和孩子一直很爱她，还有康康一直陪在她身边，时光匆匆，留在她心里的是一份感动。

狗在自己快要死的时候会流眼泪，康康流泪了，因为它知道自己上了年纪，当君君看到昔日那个活蹦乱跳，那个喜欢黏在她身边蹭着她脚的小家伙安静地躺在地上时，她瞬间泪崩。

孩子健康地长大了，君君很高兴，但是面对康康的去世她是那么悲痛。几个小时后，君君擦干了泪水，她抱着康康走向后面的草地，那是它最喜欢的地方，君君经常带它一起训练，君君将它葬在了草地的一片空土里，这里永远有它的气息，有它存在过的痕迹。

有多少宠物，像小黄和康康一样，用此生，温暖了主人生活的艰辛，人生的无常。

第 3 话

第 3 话

没头脑和不高兴

　　伴随着从音响内传出的乡村民谣的歌声,史清按下咖啡机的按钮,为自己倒了满满一杯黑咖啡,他端着咖啡走向餐桌,在那里,是他刚刚做好的三明治。

　　他并没有在餐桌前坐下来,而是直接拿起一个三明治放在嘴里,接着一边叼着三明治一边走向衣架,拿下放在那里的西装,并直接穿在了身上。

　　他是那种生活上一丝不苟的人,这种习惯同样延续到了工作中。在公司内,不论之前的环境多么轻松,只要他出现,所有人都会瞬间变得紧张起来。他严谨的工作和行事作风就如同他脖子上系的领带那样整齐。

　　他里面穿着蓝白相间的条纹衬衫,他为今天选择的领带是深红色的纯色领带,那是他今天的幸运色。他是一个唯物主义者,但却对一些关于运气方面的东西十分迷信。

　　当嘴里的三明治吃完,他从冰箱内取出昨晚做好的蔬菜沙拉,那是他每天的午餐。作为一个中年男人,这样的午餐未免太过清淡,但他得坚持健康的饮食习惯,这能让他远离脂肪肝和肥胖的风险。

孤独有你

当然，他不会忘记给他生活中的唯一的伴侣——那只名叫胜利的哈士奇准备一天的食物。

他给他的狗取名为胜利，因为他不喜欢输。他取出放在架子上的狗粮，打算去进行今天早晨所有程序中的最后一步：为胜利的碗里填满食物。

他走向胜利的小狗窝，但是当他到达那里，却并未看到任何狗影。

好吧，他应该已经习惯了的，胜利永远都会给他的最后一道程序带来一点小麻烦。

"胜利！"他高喊了一声，但并未听到回应。

他摇了摇头，先是用狗饼干把胜利的碗填满，接着来到客厅寻找胜利的身影，他环视一圈，最后当目光落在餐桌上时，终于见到了那个总是让他无可奈何的身影。

他看到胜利趴在餐桌上吃他剩下的那个三明治。

那是他打算带到车上去吃的。

"我说过了很多次，不许爬上我的餐桌！"他走过去，板起脸训斥胜利。

然而胜利只是缓缓抬起头，接着歪过头看着他，就好像在看一个傻瓜。

如果你能想象一个傻瓜用看傻瓜的目光看你是什么心情，那就能体会到此时史清的心情了，也能体会到史清长久以来都是怎样一种心情。

"你吃了我的三明治。"

胜利歪着头，就像完全搞不懂史清为什么要强调一件显而易见的事情。

"那是我要在车上吃的,我每天早晨得吃两个三明治,这样我午餐才能只吃一碗沙拉。"

胜利仍然一脸懵懂,但它对史清最后说的沙拉做出了反应,它从桌子上跳下来,开始抬手去抓史清手里的沙拉。

简直想得美!

"住手!这是我唯一的午餐!"

史清不住躲闪,但显然胜利对它的假想中的食物异常执着。

"你的饭在你的碗里!回去吃你自己的!"

胜利根本不会看得那么遥远,它只想抓住眼前的机会。

史清瞄了一眼他的手表,发现时间就快要来不及了。

"真是见了鬼。我莫名其妙跟你提什么沙拉。"他愤愤然地把那盒沙拉放在了地上,打开了饭盒盖子,"吃坏肚子算你倒霉。"

然而笨蛋从来都不会吃坏肚子。

胜利再一次获得了胜利,它刚刚享受过史清的三明治,接着要开始享受史清那难吃的蔬菜沙拉。

它吃了一口沙拉,接着迅速又把那口吐回盒子里,然后一脸蒙住地看向史清。

史清觉得他快憋不住笑了。

但是他当然不会笑出来,他才不会输给这只傻狗。

他只是得意地对胜利冷哼一声:"活该你倒霉。"

说完,他心情愉快地拿起公文包,走出了家门,带着两手空空。

他早餐只吃到一半,午餐又没了着落,但好在他尚赶得及去上班而不会迟到,这才是最为重要的。

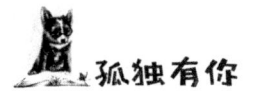

工作状态中的史清有一种特别的魅力。

他是那种既让人心存畏惧,但同时又忍不住对他多看几眼的人,心存畏惧是因为他随时散发着一种王者的气场,忍不住看他则是因为他天生就长得很漂亮。

没错,是漂亮。

漂亮这个词用来形容男人总显得不合适,但放在史清的身上却毫不违和。他有一双闪闪有神的大眼睛,睫毛又长又浓密,鼻梁高挺,嘴唇丰厚,是那种很容易让人心动的长相。但可惜的是,这样漂亮的他,很多人却基本上不敢直视他。

就连他的朋友也基本不敢开他的玩笑,对他时刻保持着尊敬。

但也正因为如此,他在公司交代下去的每一项工作才能被很好地完成,上级交给他的项目他也永远都能交出让人非常满意的答卷。

"董事会已经通过了决议,"上午,公司的总经理来到办公室,态度和蔼地对他说,"我们决定升你为地区经理。"

"我感到莫大的荣幸。"史清诚恳地说。虽然嘴上这么说,但他很清楚这是他应得的,如果不能得到这份升职他反而得去找总经理理论。

"不需要谦虚,"总经理说,"你做得非常棒,希望你今后能做得更好。"

总经理把委任状放在他的桌面上,对他笑了笑,接着离开办公室。

史清心满意足地靠在椅子上,而他的肚子正在发出咕咕的声音。

是的,他差点忘记了,已经临近中午,他却还不知道到哪里去吃午餐。

当然，他可以像公司的其他人那样，叫一份外卖，或者是出门找家餐厅吃上一顿，但他的健康生活并不允许这样的放纵行为。

他的午餐必须是蔬菜沙拉，只有这才是健康的。要么是蔬菜沙拉，要么就干脆别吃。

但他不能不吃饭，他不能饿着肚子工作。

为了午餐，他开始飞速运转起他的大脑，仔细搜罗一个可行方案，最后终于被他找到了。

他拿出手机，打开微信，给他的大学同学，正在距离他有三条街的另一家企业任职的卫书发去一条消息："我得到了任职，刚刚总经理给了我地区经理的委任状。"

半分钟过去后，他收到回复："恭喜你伙计！"

"所以你必须请我吃饭。"

"没问题！餐厅你选！"

"我要蔬菜沙拉，不许加任何添加剂。"

几分钟的沉默。

"什么？"

"蔬菜沙拉。"

"我没看懂，这是什么愚人节的玩笑吗？现在好像不是4月份。"

史清瞪着这条留言半晌，最后决定实话实说。

"我养的狗，它在我出门前抢走了我的午餐。"

对方也沉默了半晌。

过一会儿，一条消息发了过来："你养的是哈士奇吗？"

史清无可奈何地发了一个字："是。"

过了一会儿，对方给他回了一条："明白了，稍等。"

孤独有你

半个小时之后,卫书来到了他的办公室,端着一盒蔬菜沙拉。当他把沙拉放在史清的桌面上时,史清假装看不到卫书就快绷不住的笑意。

他打开了那盒沙拉,尝了一口。

"过甜,你沙拉酱放太多了。"

"别那么挑剔,"卫书坐在他对面,一脸好笑,"我可是特地在超市买的新鲜蔬菜和沙拉酱,并且仔细清洗过,最后还要直接开车给你送过来,用半个小时完成这一系列动作,我够意思了。"

史清瞄了他一眼:"谢谢。"

卫书看着史清,最终还是忍不住扑哧一声笑了出来。

"你怎么会养只哈士奇呢?我以为你最多也就养个牧羊犬之类的。"

"因为命运,"史清又吃了一口沙拉,把它们咽下去之后说,"那天我打算养条狗,直接去宠物店,那只哈士奇盯着我看,就像认识我。"

"噗!"卫书笑着说,"哈士奇看谁都是那德行。"

"我是后来才发现的,那时候我已经养它一个多月了。"

史清一边跟卫书说着,一边继续吃着沙拉。他是真的非常饿,他早餐就只吃了一半。

卫书看着史清,感叹般地边笑着边摇头,"简直不敢想象,我们的史清同学也会有今天!当年读书时候别人连你一块薯条都不敢抢啊!"

史清莫名其妙看了眼卫书:"它拽着我的衣服不放,我打不过它。"

"你打不……"卫书大笑起来。史清更是莫名其妙,他一直觉得卫书这类人都又傻又蠢,现实证明他的看法果然是对的,谁会一边看着别人吃饭一边在那儿大笑啊,再说吃个沙拉有什么好笑的?

卫书看了一眼手表:"告辞了老同学,我得回去上班。"

"我在吃东西,不送了。"

"你知道吗,我今天学到了一个非常有用的哲学,以后说不定能在工作中运用到。"

"什么哲学?"史清问。

"那就是,要对付不高兴,最好找一个没头脑。"说完,卫书憋着笑离开了史清的办公室。

史清只觉得,卫书这种人的脑回路果然是常人无法理解的。

流言就像是流水,这世上没有任何一个角落是流言无法到达的。很快,史清的朋友圈都知道了他被自己养的哈士奇抢走午餐的经历,最糟糕的是这件事还传回到了史清所在的公司。

现在全公司上下都知道了史清被哈士奇抢走午餐的事情。

这让他非常不理解,为什么有些人类会无聊到把这种超级无聊的事情当作生活的谈资,却不能把这些精力运用到工作上面?

最可笑的是他发现中午当他从外面回到办公室时,会发现桌子上多了好几盒蔬菜沙拉。

真是谢谢你们了,史清心想,在减肥期间还给他送这么多吃的简直居心叵测。

而他的做法是在下班后把这些沙拉全部都带回家去,然后送给胜利吃。每一次胜利都会上去尝一口,然后一脸难受地吐回去,接着傻愣愣看着他。这个过程不论重复多少次都是如此趣味盎然。

有趣的是,他发现他家公寓的访客也变得多了起来,总不时有老同学或者是公司的同事来家里拜访他,通常他们会带来一些名贵的茶叶或者是红酒,当然,同时还会带来一份狗粮。

孤独有你

　　他不明白这些人究竟是来看狗还是来看他，但久而久之，他发现这样倒也不错。

　　原来与人亲近的感觉很不错，被人喜欢的感觉也很不错。

　　当然，跟一只又傻又蠢的没头脑在一起生活的日子，也很不错。

第 3 话

最美的旅行

于晓南做了一个长长的深呼吸。

她站在经理的办公桌前，在桌子对面，经理此时正凝神审视的，就是她刚刚递交的请假条。

没什么好紧张的，于晓南心想。只是请个年假，这是她应得的。

几年来她在单位里工作认真负责，从来都没出过任何岔子，那么她想在一年中最好的时候请一个月的年假也是合情合理。

但她就是无法抑制正在不断加速的心跳。

经理这时候放下了请假条，他连头都没抬，直接拿起放在手边的笔，在请假条上划下自己的签名。而当他抬起头，原本严肃的脸也露出温和的微笑。

"祝你玩得开心，丫头。"经理把请假条递给了于晓南。

于晓南激动地接过假条，开心之情溢于言表。

"谢谢领导！"

她几乎是跳着离开经理办公室。那么她现在拥有了这一个月的假期，她仿佛看到自己策划多年的那场旅行已经在她面前展露甜美的微笑，正招着手迎接她的到来。

孤独有你

　　她也终于明白，刚刚在办公室里，她的过快的心跳并不是因为担心请假不通过，她只是太过兴奋。而现在，由于她的兴奋度已经达到顶峰，她的心几乎快要从嗓子里跳出来。

　　她一路欢快地走出单位的大门。她住的公寓距离单位并不算远，只需要走过两条街，转个弯就能到了。
　　匆忙的车流在她身边经过，因多普勒效应传出刺耳的机动声，这些原本令她烦躁的声音此时也变得悦耳动听起来。她一边朝公寓的方向走，一边幻想这次行程。
　　她要把之前没去过的名山大川都看个够，她要去桂林，要去杭州，幸运的话也许能赶上昆明的花展，生命是这样美好，她得尽情去享受。
　　她等不及立刻跟美美分享她的好消息，分享这份喜悦之情。

　　当想到美美，她的心中顿时满溢起温柔的情绪。美美不仅仅是一只漂亮的长毛波斯，更是她的闺密，他们是最好的生活伙伴，在她最烦闷无聊的日子里，美美是照亮她的唯一的光芒。
　　好了，她要告诉美美，她终于请下了一个月的长假，她就要……
　　等一下。
　　是的，她请了一个月的长假，这是她梦寐以求的，她要利用这个长假完成她梦想许久的旅行。但她似乎因过度兴奋而忽略了一个非常重要的问题：当她去旅行时，美美怎么办？
　　她的心几乎漏跳了一拍。她发现自己是那样的愚蠢，在这长久的对旅行的策划中，她竟然完全忽略了美美的存在！
　　她得出去一个月，整整一个月啊！

这一个月里，谁给美美喂食，谁为它洗澡，谁来照顾它的起居，谁给它梳理毛发？

她竟然这样自私，一直以来竟然丝毫没有考虑过美美的感受！

她已经走到公寓楼下，但之前的喜悦之情早已所剩无几。

"这么说你真的没时间，太可惜了，所有人里我就相信你，只有你知道怎么照顾美美……不不，没关系，别自责，这不是你的错，都是我太任性……不，是我之前欠考虑……放心吧，以后会给你机会照顾它的，再见亲爱的。"

"说实话我不怎么相信……等一下，我忽然想起上次把外套丢到电影院的是不是你……好吧谢谢你的好心，还是算了……"

"寄养中心？我怎么可能把美美送到那种地方去，别逗了……不，我不是不信任他们，只是这对美美很残忍……"

于晓南按下最后一次的挂断键，重重倒在床上。

直到现在，她都不敢相信自己正在做什么。她正在联系各路朋友，找人来照顾美美。美美陪伴了她三年，他们几乎形影不离，她从没有离开过美美哪怕一天，而现在，她竟然在努力把美美推出去。

她听到在客厅里有塑料杯子掉落在地板上的声音。她眼睛都不需要眨一下，就知道那一定是美美正优雅地爬上她的桌子，骄傲地享受放在那里的蘸着番茄酱的薯条。

是的，美美还不知道发生了什么，它完全没意识到自己的生活即将发生翻天覆地的变化，而这个事实几乎撕碎了于晓南的心。

电话声忽然响起，于晓南拿起电话按下接听。

"嗨，亲爱的，我帮你联系到了一个非常棒的主人，她是我朋友的朋友，非常喜欢猫咪，尤其是长毛波斯，我想不出有谁比她更适合照顾你的美美，我刚刚跟她聊过了，她说非常乐意照顾美美，不需要任何报酬，你只要买足一个月的猫粮。"

"那太好了，谢谢你。"

"别客气，稍后我把她的联系方式发给你。"

电话被挂断，于晓南长舒了一口气。

看起来问题似乎得到了解决，可为什么她竟然似乎感觉不到放松呢？她的心依然紧紧揪在一起。

她听到美美从桌上跳到地板上的声音，轻柔且微小，那是独属于美美的优雅姿态。

第二天清早，于晓南怀中抱着美美，按下了收留者的门铃。

她们前一天晚上已经通过电话，并约好了这个时间，她会把美美送给这位好心人，稍后她会把美美一个月的猫粮也送过来。

门开了，正如于晓南所预料的那样，对方是一个很和善的年轻姑娘，看起来就很懂得怎样照顾他人。

"嗨！"

"嗨……那美美就交给您了。"

对方很开心，当看到美美时整个表情都柔和起来："它可真美！难怪你要叫它美美！"她伸过手去打算把美美抱过来。

美美是一只非常聪明并且十分讨人喜欢的波斯猫，于晓南的很

多朋友都抱过它，每一次它都很讨巧地在大家怀里各种撒娇。

但这一次，它仿佛明白了什么似的，当对方把手伸过来时，它立刻把头扭进于晓南的怀里，并抬起爪子朝收留者挠过去。

"哎呀！"于晓南一惊，所幸对方立刻后退，躲过了美美的爪子。

"实在是抱歉，美美平时不是这个样子的。"于晓南连忙对收留者道歉，但她却没有底气去为此责怪美美。

好在对方并没有生气，相反，这个温柔的姑娘十分理解地对于晓南笑了笑，"没关系，这很正常，"她用宠溺的目光看着美美，"我猜这个小美人并不想离开它的主人，如果我强行把你们分开说不定有点残忍。"

"我会再跟美美好好商量的。对不起打扰了您。"

"完全不打扰，很高兴能认识你们，欢迎你们经常过来玩。"

尽管对方这么说，当于晓南抱着美美离开时，她的心中仍然是充满愧疚，而她也说不出是对那个善良的姑娘更愧疚些，还是对美美更愧疚一些。

直到他们回到公寓，美美都显得对于晓南爱答不理。当走进家门，美美迅速从于晓南怀内脱出，直接跑到沙发上趴下来。

于晓南心想，她彻底伤了美美的心。

当然，她可以再跟美美商量几次，那个收留者人很好，看样子也很喜欢美美，只要美美肯合作，这一个月的分离不算什么问题。

但关键是，美美肯合作吗？

还有一个更关键的问题，也是于晓南之前始终没有意识到的问题：她真的能忍受跟美美分开一个月吗？

把美美托付给他人，自己独自去旅行，完成她多年的梦想，这是本来的计划。但现在她却发现这个计划有一个致命的缺陷，那就是她已经习惯了跟美美共同生活，他们就如同是生活中的伴侣，如果她一个人去旅行，那么这趟旅行未必能给她带来预期的快乐。

她来到沙发旁坐下，伸出胳膊去抱美美，起初美美有些挣扎，但最终拗不过于晓南的坚持，还是乖乖躺在了她怀里。

"我不去旅行了，美美，任何风景都不如你重要。"于晓南轻声说着。

这是她最终的决定。

生活就是如此，你为了留住对你来说最重要的东西，有时候就得放弃一些别的东西，也许会带来遗憾，但至少不会为你增添悔恨。

这时美美忽然从她的怀里脱出，一路跑向书架。

于晓南纳闷地看着美美的反常行为，她看到美美用爪子去挠那本她平时最爱看的旅游图册。

"你想看这个吗？"于晓南问。美美没回答，只是继续挠着那本书。

于晓南走过去，拿下图册，然后走回到沙发上，美美也跟着她走回来。

美美跳进她的怀里，如往常那样等待她翻开书本。

于晓南翻开了书，当书页停留在美美最喜欢的那一页时，美美又像从前那样开心地于晓南怀中蹭来蹭去。

于晓南的心中一动，她忽然意识到，一直以来向往着这场旅行的其实并不仅仅是她自己，其实美美也是同样渴望到这图册中的地方去啊！

第 3 话

她策划了这么久的旅行,为什么她竟然从来都没想到,这场旅行从来都不是属于她一个人的呢?!

"我明白了,美美,"她的眼中重新闪烁起兴奋的光芒,她举起美美,直视着那双漂亮灵动的双眼,如一个伟大的决策者般大声说出了她的最新决定:

"我们一起去旅行!"

这是于晓南经历了最美好的一次旅行。

她对这次旅行有过无数次的想象,而哪怕是她的那些最美好的想象,都无法企及真正经历的哪怕十分之一。因为在那些想象里,她从没有把美美加到里面,现在她才知道那时的自己是多么愚蠢。

当然,在托运的过程中有一点小麻烦,但那并没有什么了不起,美美还要跟她去经历很多场旅行,这点托运的问题他们得学会克服。下了飞机之后一切就都明朗起来。

出乎于晓南预料的是,在这次旅行中,美美比她更加兴奋,也比她更得心应手。

在风景区拍照的时候,很多游客都举着相机对着美美咔嚓咔嚓,美美丝毫没有表现拘谨,它就像一位优雅的公主,骄傲展露它的美丽身姿。甚至有一位摄影师为美美拍了一系列的照片,还问了于晓南地址,答应旅行结束后会把照片为她寄过去。

这一个月的行程里,他们几乎去了他们想去的所有地方。由于时间和精力的原因,他们并未完成全部计划,但这连遗憾都算不上,

孤独有你

因为他们以后还有得是机会。

于晓南仿佛上了瘾,她甚至开始计划下一次要带美美去欧洲玩。美美那么漂亮,不去巴黎艾菲尔铁塔下照张相怎么行呢?

一个月几乎是眨眨眼就过去了。

一直到回到公寓,仍处在兴奋之中的美美才意识到他们的旅行已经到了尾声。它甚至不想进门,还想回到刚刚离开的那一场花花世界。

不过当于晓南强行把美美拽进屋,美美才终于意识到自己已经多么疲惫,它快速奔向沙发,愉悦地享受起家的舒适和安全。

"晚安,美美。"于晓南温柔地说,美美则回应了她一声喵呜。

于晓南也回到卧室的床上。虽然她很想立刻翻看相机里的那些照片,而且她也跟美美一样仍然对这趟旅行意犹未尽,但她也同样跟美美一样累到不行。

她很快就在床上沉睡过去。而她知道,在接下来的很长一段日子里,她都会怀念这次旅行中发生的所有的点点滴滴。

那些将是她和美美的最美好的回忆。

第 3 话

阳阳奇遇记

安阳阳是一个芭蕾舞者,舞台上,她是美丽的白天鹅。生活里,她却骄傲得像孔雀。

当那些老同学们都在朝九晚五的职场里和生活的泥淖中摸爬滚打的时候,她早已经穿行在各个城市的美食美景中,旋转在灯光闪烁的舞台上。

比起身边的人,安阳阳更喜欢和过去的那些老同学联系。

她算得上是同学里最漂亮的一个,气质最好的一个,也是同学们羡慕的对象。

可成为被羡慕的人,需要代价。

练舞时的疼痛,是家常便饭;一个人的流泪,一个人吃晚餐。可一走到人群中,她就笑得最灿烂。

被众星捧月这么多年,安阳阳早已经习惯。

后来,她有了男友,一个有貌、有才的男友。

优秀的人走到一起是天作之合,他们是彼此的骄傲。

这一次,她要去巴黎参加这次的芭蕾舞比赛,临走前一天她还在努力地训练,男友在一旁念叨:"拿个大奖再回来,我已经和朋友

孤独有你

说了,等你回来给你庆祝。"

安阳阳很自信地笑了笑,穿上了自己新买的限量款高跟鞋。

机场里,她的美丽和气质引得不少人侧目,以为是哪个明星。

所有措手不及的事情,都发生在一瞬间。

一个五六岁的男孩突然跑过来,撞倒了安阳阳,冲安阳阳脚下一滑,摔倒在地。小男孩也摔倒了。

安阳阳忍着泪,尝试了许多次,还是没能站起来。

无奈,她被好心人送去了医院。而比赛机会,也没有了。

安阳阳打电话告诉男友,说是自己摔倒进了医院,她知道以男友的脾气一定会为难那一家人。

安阳阳的男友听说她受伤后立即跑到医院,他大声询问着:"这么好的机会,你怎么不好好珍惜?"

她想解释,可男友的叹息声像一块石头,压在她的喉咙上。

"你就不该穿什么该死的高跟鞋!这么重要的比赛,自己还不注意!"

男友歇斯底里地喋喋不休,最后将责任归结到安阳阳新买的高跟鞋上。

安阳阳一直静默无言,相处半年多,她早已经习惯了男友这种暴躁和指责。她静静地在朋友圈里,挑了一张最漂亮的自拍并写下,"生命是一袭华美的袍子,上面却爬满了虱子"。

傍晚,男友已经走了,安阳阳一个人,享受着难得的安宁,却终于抑制不住眼泪。这时候房门忽然开了,小男孩和他的爷爷送来了一份亲手熬制的晚餐,和小男孩的道歉。

安阳阳本打算保持一贯的疏远和高冷，不理会这家人，可看到老人家无地自容的愧疚和小男孩纯净的眼神，一瞬间心就软了。

"姐姐你为什么哭了，是因为被我撞疼了吗？"

"不是因为你，是因为姐姐弄丢了一件最珍贵的东西。"

"姐姐，不哭，那我明天把我最珍贵的东西送给你。"

安阳阳笑笑，摸了摸男孩的头。

在医院的几天里，安阳阳有些失眠，总是凌晨睡，很晚才起。

这天早上，她还在睡梦中，就觉得有什么东西压到了自己，她用力一推，嗷的一声惨叫，安阳阳从睡梦中惊醒。她不知道自己的病房里什么时候多了一只猫，她发现病房里多了个箱子，箱子上的纸条写着："姐姐，对不起，我把我最珍贵的东西送给你。"

安阳阳明白，这是男孩送她的礼物，但这样一个礼物带给她的并不是惊喜，而是惊吓。

再看地上，安阳阳才注意到了它是一只小花猫，正在地上舔着自己的后腿，它的腿上还有一些血迹。安阳阳忙去看，她的猜测没有错，刚刚她这一推，小花猫的腿受了伤。

安阳阳很着急，她想找小男孩的家人，却没有留下他们一家人的联系方式。只能慌慌地找护士帮忙。小花猫被包扎好，但医院告知安阳阳，不可以把宠物带到医院。

安阳阳最后带着小花猫，提早了一天出了院，回到了家。

这是一场奇遇记，上天安排他们在此刻相见，安阳阳和猫咪一起经历着痛苦，等待着伤痛的恢复。时光让他们慢慢地熟悉彼此，安阳阳仔细看着它，她被这只充满灵性的猫所吸引，但她从未想过占有它。她在想，等着那家人联系她，她就会把小花猫还给那孩子。

 孤独有你

安阳阳从怀里摸出一个大纸包来,摊开在地面上,她将面包掰成小块,猫眯的小脑袋凑过来闻了闻,安阳阳有空便会给它解解馋,喂它吃些煮鸡蛋和火腿肠。

周五傍晚,安阳阳的男友回来了,带着一大堆朋友,他们吵吵闹闹还在家里开起了 party。

安阳阳忍无可忍,拉断了电闸,赶走了所有人。

男友愤愤地走了,狠狠地摔上了门。

无边的暗夜里,她失神地坐在地上,泣不成声。

不一会儿,她感觉到有谁帮她擦去眼泪。哦不,是小花猫,它钻到了她怀里,舔她的眼泪。

透着月光,安阳阳注视着它,此刻才发现它一直眯着眼睛形成一条弯曲的缝,她才想起,自己还没有给小花猫起个名字。

"你就叫眯眯吧,虽然这个名字没什么创意。"

安阳阳站起来,走在前面,眯眯紧随其后。

月光下,两个拐子的身影形成了一道不一样的风景。

过了些时日,眯眯的腿伤完全恢复。

安阳阳把眯眯放到门外,对它说:"听说小猫小狗的是认路的,如果你想念你以前的主人,就走吧,你的伤好了,该回家了。"

送眯眯走了一段距离,眯眯飞快地在阳光下奔跑,安阳阳一转身,它已经不见了踪影。

安阳阳打开了家门,她犹豫了,呆呆站在门口,感觉自己好像失去了什么。

过了许久,她试探着对着外面轻唤着:眯眯。

一个顽皮的身影从后面蹿出来,安阳阳喜出望外。原来它一直躲着,没有走远。

眯眯大步走上前,安阳阳正式成为了猫的主人,必须对猫的健康情况做一个详尽的体检,她带着眯眯来到了宠物医院,得到健康的体检报告之后,他们安心回家了。

眯眯的出现,让安阳阳的生活发生了巨大的变化。

眯眯有一次夜不归宿,安阳阳一直坐立不安,提心吊胆,她挨家挨户去找,询问了很多邻居,最后在车子下发现了它,原来它在和一只白猫玩耍,安阳阳猜想:可能正在谈情说爱。她像一个家长,拎着眯眯回到了家。

这些年来安阳阳一直独来独往,没有牵挂与陪伴,在照顾安阳阳的过程中,她明白了什么是责任,安阳阳学着为他人着想,并开始认真地为自己而活,而不再为他人的称赞而活。

安阳阳开始随笔画画,以前的画册已经被撕光,现在的画册里只有她和眯眯的身影。安阳阳准备转行,她听取邻居的意见认真思考之后,决定做一名自由设计师,她专门去辅导班进行了学习。

每次上学前,眯眯都会被孤独地留在家里,安阳阳下课后就会准备晚餐,和之前不一样了,她第一次有了亲人的概念。她没有在外边的大街上逗留,自动回避了服装店,因为她知道等待的感觉,每次到家门口时,她都会看到一个小小的身影蹲在门口,车灯照亮时，伴随着"喵喵"的叫声，冷冷的房间里让安阳阳有了些许的温暖。

眯眯上台阶的时候，安阳阳叫了它一声，没想到眯眯竟然会分神，它自己就从楼梯上摔了下来，安阳阳在一旁哈哈笑着。

他们一起吃饭，一起散步，一起逛街，一起享受努力的成果，安阳阳明白了什么才是幸福。

与眯眯的这一场邂逅，让安阳阳重新拾起了对生活的信心，也重新认识了自己。

六

在安阳阳学习的这段时间，眯眯有很多自由的时间，可能是去找白猫了，眯眯和白猫越走越近，终于一发不可收拾，眯眯怀孕了。眯眯怀孕的两个月之内，安阳阳都不敢松懈，她会定期去周边的宠物医院给眯眯进行检查。

宠物医生告诉安阳阳怀孕期的猫会需要较多的蛋白质与热量。安阳阳在喂食上也花了不少的心思，她会均衡搭配，喂眯眯一些高蛋白的食物，早上经常会给它煮鸡蛋，次数多了，就改喂一些肉类食品。安阳阳记得喂食的分量应随着时间逐渐增加，眯眯一次吃的不多，安阳阳增加了喂食的次数，保证按时提供充足的营养。

孕期末，安阳阳带着眯眯去了宠物医院，它生下了许多可爱的小猫。小猫出生后，眯眯自己将胎囊弄破了，医生用剪刀剪掉了长的脐带，眯眯有些发抖，安阳阳摸了摸它，亲自动手给它绑上了线。

安阳阳载着疲乏的眯眯和一窝小宝宝回到了家，此刻，家里又添新成员了，眯眯的心情一定和她一样，十分幸福。

快到家门口时，眯眯忽然叫了一声，原来是白猫，作为猫爸爸，它一定很担忧眯眯，安阳阳下车，打开了车门，眯眯与白猫团聚。

第 3 话

　　小猫们长大了,安阳阳将它们一一送人了,小猫们一只只离开了眯眯,眯眯从喉咙里发出轻柔的咕噜声,它知道小猫们要自己独立地长大。

　　安阳阳身边依然卧着眯眯,这只猫已经陪伴她度过了 5 个春秋,她以为是因为眯眯的陪伴,其实是眯眯点燃了她心底原本就有的善良和温暖。

最后一分钟

无论你对眼前的生活感到乏味，还是沉浸在失去的伤痛当中，都不要放弃对生活的希望，因为在那些未知的日子，总有一些温暖和惊喜，会与你不期而遇，就算你已经80岁了。

教堂里有一个偃老汉负责看守，人们都叫他门爷，门爷习惯穿深蓝色服装。已经80岁的他身体还算硬朗，他在教堂后院守着老伴的墓地，居然固执地撑了三个年头，无惧无悔无退缩之意。

教堂不算太大，不过在当地很闻名，人们一有空都习惯来这里聚会，陌生人聊着聊着便熟了。

有一天，教堂活动结束之后，门爷正准备锁门，"吱，吱"耳边传来一阵尖锐的声音，门爷直觉里面有人，他朝里探着头，但什么都没有发现，他跟跟跄跄地踱步进去，从门缝中洒下的月光落在了地上，地上出现了影子，这影子很奇怪，两个长长的耳朵比较明显，门爷心想：不会见鬼了吧！他嘴里一直念叨着："上帝保佑，我要会会这家伙。"

门爷看守的教堂从没听说发生过什么恐怖的事，他胆子可不小，每天晚上连老伴的墓地都会去看看，门爷没有想太多，他鼓起勇气迅速转头，那影子忽然不见了。

门爷左看右看，心生一计，他大摇大摆地走出去轻轻拉上了门，避免月光射入，过了几秒中，门爷趴在门上侧耳倾听，同样的声音再次传来，他猛地推开了门，看到了一双红色的眼睛，门爷当时没来得及思考，直接冲了过去，他看到一个黑不溜秋的小东西四处逃窜，一转头就不见了。

由于天色太黑，加上年纪大老眼昏花，门爷没有办法寻找。门爷回屋躺在床上，辗转反侧睡不着，脑子里全是今晚事情的重现，像电影一样一幕幕上演。

终于挨到第二天天亮，他打算去看个究竟，但是又不能惊动教堂里的信徒们。为了避免打扰到大家，门爷谎称进行检修，他带着一套修理工具淡然地走进教堂，教堂里，人声鼎沸，有的在朗诵圣经，有的在祈祷……

门爷昨晚虽然没有看清具体的摆设，但是位置错不了，他直奔对准大门的一面里墙，蹲下身后他首先敲了敲，墙壁给他的感觉是通透的，里边一定有空气，他用钩子一撬，墙板掉落了一块，现在土铲子派上用场了，门爷使劲挖，一拨一拨土飞扬起来，渐渐地攒成了一个小土堆，一块石头露出来。

门爷突然发现岩石缝里冒出一个雪白的小脑袋，一瞬间又钻了回去，他屏住呼吸等待它再次出现，当时这个小家伙正躲在岩石后面，看起来十分警觉，小耳朵竖起，门爷立刻伸手抓住了它，他像得到一件宝贝似的把它塞在了怀里跑出门外。

门爷跑向后院，回到家后，他兴奋地看着这只小白兔，它长着一身雪白的毛，就算不洗澡也不会怀疑它不干净。

那一双红红的眼睛看着门爷时，熟悉的眼光让他明白了昨晚发生的一切，小白兔两只长长的耳朵总是机警地竖立着，在阳光的照射下显得影子十分清晰，它好像随时都在为自己放哨，这就是把门爷吓坏了的原因。

小白兔的四肢蜷曲着，屁股上的小圆球鼓鼓的，门爷用手指弹了弹，它张开了花瓣似的嘴，他给小白兔起名为小不点。

小不点一开始不习惯，没过几天，它就悄悄溜走了，门爷趴在地上仔细观察着，他发现小不点是打洞逃跑了。小不点爱躲在废弃的瓦片和灌木丛里，门爷特地找人做了一些瓦罐，这样它住进去会有一些安全感，过了些时日，等小不点慢慢适应，便安静了些日子。

门爷沿着小不点打洞的方向，从教堂后院慢慢走到了另一个地方，这里是一片小灌木丛，空气不错是个好地方。门爷在灌木丛里又找到了一只兔子，全身灰灰的，他猜想这可能是小不点的朋友，他把灰灰兔带回了家，果不其然，小不点见到它很兴奋，它第一次向门爷扇动着耳朵，门爷乐坏了。

小不点与灰灰兔在里面产仔，瓦罐相当于它的一个家一样，有了家它就不再四处乱跑了，小不点也慢慢熟悉了门爷，见到他不再惊慌了。

有一天，门爷突然找不到小不点了。他便起身寻找，他猜想小不点，一定是回自己的窝了。

"嘿，小家伙。"门爷喊着。小不点的屁股还露在外面，洞口可能是被堵上了，它进不去。门爷隐隐约约听到有声响，他迅速靠近小不点，墙皮掉落，"轰隆"一声墙砖掉下一小块，最后一分钟，门爷用力抓住小不点将它救出，手臂被砸了一下，倒不碍事。

小不点受到惊吓，门爷紧紧抱着它给了它一点安全感，小不点用耳朵蹭了蹭门爷红红的手臂，好像是在温柔地抚摸，门爷感觉痒痒的，他嘿嘿地笑了。

小不点的家族越来越庞大，瓦罐根本放不下，门爷在后院找了一个掩蔽性较好的地方，开始挖洞给兔子们居住，他在洞口会散落一些花花草草，避免其暴露成为猎食者的目标。小不点的家眷们都离开了，瓦罐里只剩下它，灰灰兔去照顾孩子们了。

门爷与小不点在一起玩耍，也发生了不少的趣事，小不点喜欢趴在他的肩膀或卧在手掌上，他每次带着小不点经过洞口时，就会在嘴上吹吹口哨，哨声颇尖厉，便会有回声。

树丛后面也有了动静，若有若无的两点黑光十分微弱地在那里闪动，那是灰灰兔，它听得出门爷的声音，门爷每次看到后嘴角都会露出甜甜的微笑，心说这家伙，还活着，活着就好。门爷会给小不点留些时间与家人聚一聚。

教堂内部的墙壁上刻着彩色石壁画，壁画内容讲的是与圣经有关的故事，门爷有空就会过来诵读，三年他读完了3000块石壁画上的内容，神父告诉他这只是圣经中的一小段故事，是工匠们最早凿刻的，神父带着门爷来到了教堂内部的小地方，眼前呈现着很多石壁画。

门爷发现了几块破碎的石壁画："这里是怎么回事呢？"

神父看了看最底下的裂缝，这是凿洞破坏的，他说："可能是什么打洞的动物吧！"

门爷想到了小不点，猜想它会不会是破坏壁画的罪魁祸首。

门爷决定把破碎的壁画重新修一修，或许是弥补小不点犯下的错。最底下的壁画补好之后，接下来，在梯子的帮助下，门爷检查了石壁画上的残缺，他一块一块进行了修补，其他人们则负责将拆

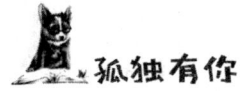

下来的破碎壁画,运到地下的通道里。

忽然,一块石壁画扭动了几下,小不点"吱吱"地叫着,对于门爷来说,当务之急就是迅速撤离,保证自身安全,但是好像已经来不及了,游客们跟着小不点躲在了右侧,门爷顺手抓住梯子,整个人依偎在梯子侧面,样子看起来有点猥琐,不过侥幸躲过了一劫,壁画中的小岩石全部从左侧滑落,绕过了门爷的脑袋。

事后,很多人认为,那是上帝在发挥作用,冥冥之中庇护了他,上帝会保护那些懂得感恩的善良人,门爷认为,这其中也有小不点的一份功劳。

墙上的石壁画全部修好之后,门爷得了一种奇怪的病,"老年手抖病",手脚震颤,严重的甚至会导致身体变得僵硬。人们都劝他去看看医生,他总是推脱,说是一把年纪了得个病不奇怪。

以后的两周之内,门爷的手无法用力关门,还无法长时间握一个东西,每次给小不点喂食时,手都抖来抖去,洒了一地,教堂有人看到他这种情况,会常常来照顾他,帮他做家务。

门爷以为会好的,但是已经过去好久了,他开始变得不安与忧伤,小不点在他身边转悠,带着他来到后院土地上,门爷一个人独自玩起了泥土,他用那双抖动的手把一些湿泥搓成了小不点的样子,现在还缺少五官,门爷想到了要在上面刻出它的眼睛、门牙等。

门爷从地上捡起一根小木棍,但是他的双手一直抖动,手上的小木棍一次次滑落,他艰难地控制住手的颤抖,内心有些沮丧,但门爷没有放弃,在一次次的失败中,门爷发现,他手的颤抖会随着自己的专注而减弱!几小时后,他成功地在泥丸小不点形象上刻出了一双眼睛、一个鼻子以及可爱的门牙，小不点看到自己的形象后"吱吱"地叫了两声。

门爷在最近沮丧的生活中终于找到了一点快乐，接下来的几天，门爷和小不点开始做游戏，游戏内容就是接小皮球。刚开始的时候，门爷握着的小皮球总是会从手中滑落，但他不断地重复，不断地克服，训练了几次后感觉好多了，运动之后，门爷就会继续玩泥土雕刻，其实他蛮喜欢雕刻的，不管是石壁画还是泥土。

门爷的毅力在泥土雕刻中被磨炼得越来越坚韧，他每次都十分专注，他发现越是全神贯注，他的老年手抖就越是能得到控制。门爷用了一个月的时间训练，他竟然完成了一座泥土教堂模型的雕刻，这座雕刻的教堂就是门爷与小不点相遇的地方，从远处看，教堂的外观形象逼真宏伟壮丽，走近仔细看，教堂里边的每一个细节比例都非常精确。

这件模型作品被神父放在了教堂，作为展示品供游客观看，几个月后，门爷的老年手抖病好了，但是他的雕刻技术却没有消失。好多前来参观的游客，都邀请门爷为自己雕刻一幅作品，有的是专门来为门爷捧场的。

在多次的创作过程中，门爷的手艺越来越熟练，他有空经常去博物馆观察古代的艺术作品。特别是当他看到商周时期的青铜器铸造时，一直称赞青铜器上的纹案造型奇特，充满威严而崇高的美感。其余的雕塑门爷也看得特别仔细，有些考古学家挖出的骨钗，看着有些年代了，但门爷能发现骨钗上的洞和小雕刻都不是随随便便挖的，不仅仅是为了美观，上面还记录着一些生活小事。

门爷明白了每一个作品都有一定的含义，是作者赋予了它们生命。他学到了好多，以后每件泥土雕塑中都浓缩着主人的故事，浓浓的情感中有着生活的烙印。

孤独有你

如今，已经88岁高龄的门爷，在老伴去世后又经历了一次不一样的人生，他把小不点和泥土雕塑作为现在生命中最重要的部分，他想把与小不点的故事记录在泥土雕塑之中。

那天，门爷带着小不点出门了，他准备上山去拔些新鲜的野草，他们走着走着看到了高大挺拔的树木，在两棵树中间有一个泉眼，水从地下涌出来，流成一条小河，咕嘟咕嘟，小河潺潺地流着，一路上，打着漩涡，往山坡下流去。

门爷沿着小河流动的方向走去，小河一到平原上，就安静了，它缓缓地流着，绕过树林，在草地里弯弯曲曲地流过去，最后穿过一条小山谷，山谷里长满各种植物，苔藓散布在四处，烂泥地上有很多脚印，可能是其他到这里的人留下的。

小不点兴奋地跟着门爷，边走边吃草，天黑的时候，他们收获满满，兴高采烈地下山了。

小不点在前面带路，门爷跟在它身后，路过洞口时，小不点发现一条小黑蛇正悄悄向兔子窝靠近，灰灰兔还没有察觉，小黑蛇紧紧缠住幼兔。突然，小不点跳进窝里与灰灰兔一起进行斗争，灰灰兔纵身一跃、抓住蛇身，小不点追上去又抓又挠，急得不得了。

门爷发现不妙，在斗争的最后一分钟用石头把蛇砸伤，救下了兔子一家，小不点心疼地嗅了嗅自己的兔子宝宝，然后一瘸一拐走到门爷面前，门爷发现它和灰灰兔都受伤了，便去救它们，情急之下，门爷也摔倒了。幸好被人发现，把他们都送去了医院。

小不点与灰灰兔伤得很重，门爷躺在病床上，心里却是暖的，人生晚年，有两个小东西相依为命，也算值得了。

第3话

欢喜冤家

孤独的山海里，有着每个人的倒影，藏在生命深处，难以剥离。

在医院，同事们只能见到苏丽的另一面。她在医院工作，虽然视力不错的她上班总会戴着一副很显老的蓝边金属眼镜，挽起头发，做事不苟言笑。

她的新婚老公王林曾因此调侃她说："为了让我放心，上班把自己打扮这么老。"

"你不要想太多，我只是想给患者更放心的感觉。"

事业上一丝不苟，但苏丽也有弱点，在家里，她就成了个十足的笨蛋。洗衣做饭打扫屋子，可以说样样都不及格。所以新婚的小夫妻，生活里出了不少糗事，让苏丽很头疼。

同样头疼的还有苏丽的婆婆赵敏。

"现在天这么冷，不知道儿子有没有穿棉裤？"

"媳妇早上也不给他做早饭，时间长不吃早饭这胃是要落下毛病的。"

"儿子不爱吃酸，苏丽做菜的时候可千万别放啊……哦，对了苏丽不会做菜。"

自从儿子结婚，赵敏心里像空了一块，每天就念叨着儿子的各种事情，儿子大了，老伴劝她松松手。赵敏不理他，转头就和阳台

上自己养的那些花花草草念叨。

就这样过了一个月,赵敏整天闷闷不乐,还得了头疼的毛病,总睡不好。最终,她还是坐不住了,她说最近自己总是梦见儿子吃不好睡不好,于是来到儿子家打探情况。

苏丽拎着薯片跑来开门,赵敏劝她少吃,对身体不好。她转头看到满桌的零食外卖,儿子正在大口吞着方便面,赵敏见状,立刻抢走了儿子手中的零食。

她奔向厨房,开始行动,不一会儿热腾腾的面条端来了,王林闻了闻说:"还是妈煮的面香。"

赵敏拍了拍儿子的头说:"快,趁热吃吧!"她转头走向厕所,关上门抹了把眼泪,也坚定了一个想法。

为了方便照顾儿子儿媳,赵敏和老伴协商后最终决定搬到他们住的小区,他们的房子就在对面的一栋楼。

每天早上赵敏都会去儿子家帮忙做早饭、打扫卫生、洗衣服,晚上做晚饭,等到他们洗漱好准备睡觉才回到自己的家。这样的日子,虽然忙碌,但是赵敏的心情却很好,头疼病也好了,睡觉也睡得实了。

老伴都觉得自己不受重视,整天一个人待在家。他抱怨着:"儿子大了,你少管些吧,人家现在有人管。"

"儿媳啥也不会,我怕儿子受委屈。"赵敏急忙回话,老伴摇了摇头。

星期天,赵敏像往常一样,一早去了菜市场,拎着从早市上淘来的新鲜蔬菜,兴高采烈地朝儿子家走去。

第3话

赵敏走到儿子家门口,掏了掏口袋,发现忘记带钥匙了,她敲着门,很长一会儿,儿子才走出来。

他穿着睡衣,迷迷糊糊地说:"妈,你干啥?"

"做饭啊,这都几点了。"赵敏转身指了指表。王林一看,说:"才8点。"

赵敏走进厨房:"啊!厨房怎么会有老鼠。"她惊叫着跑到客厅。

"嘘,小点声,苏丽还睡着呢!"王林把白鼠装进笼子,赵敏让他赶快丢掉。

苏丽被吵醒,她慢慢走出来,看到自己的小白鼠,急忙说:"别丢,我正在做研究。"

苏丽为了写一篇研究论文,开始研究小白鼠,她的桌子上堆满了有关白鼠的照片和光碟,她还专门买了小白鼠放在家,一边养一边观察。自小怕老鼠的赵敏有苦难言,被老鼠吓得胆战心惊,她躲得远远的。

赵敏在儿子的掩护下走进厨房,她给儿子做了早餐,将脏衣服洗掉,快速地打扫好房间,匆匆忙忙走了。

回到家,赵敏向老伴儿诉说着今天发生的事,觉得害怕,又感觉有点蹊跷。

她说:"这可咋办?家里有只老鼠,我都不敢进去了,可他是我唯一的儿子,我的想法就是把他照顾好。"老伴儿一边轻轻拍着她的背,一边说:"没事,没事,老鼠不是在笼子里嘛,又吃不了你。"

下午的时候,赵敏和小区里的老人一起聊天的时候,超市的老大姐提醒她:"说不定那老鼠就是你儿媳妇用来对付你的。"

一语惊醒梦中人,赵敏恍然大悟,可接下来一下午都不怎么说话,闷闷不乐。

孤独有你

赵敏不开心地走回家，流着泪向老伴儿诉说自己的委屈："我就是想把他们照顾好，儿媳妇居然用老鼠吓我，我就差把心掏给他们了。"

老伴在一旁说道："他们太过分了，我去跟他们评评理。"赵敏拦住了老伴，因为她心底有了对策。

赵敏去集市上抱了一只猫回来，这猫看起来十分灵敏，它有一身黄茸茸的毛，圆鼓鼓的眼睛炯炯有神，脚下有肉垫，走起路来十分精神。她给猫起名叫小黄，有了小黄，她就不害怕了，她大大方方走进儿子家。

苏丽下午回来得早，饭菜已经上桌了，却在家里发现了一只猫。

"妈，你这是？"苏丽恼怒，因为她很讨厌猫。

小黄的爪子平时都藏在毛茸茸的脚掌里，当它看到苏丽身边的小白鼠时，立刻亮出了武器——爪子伸了出来。

赵敏把小黄抓紧，避免它接近小白鼠，她说："我只是防身。"

苏丽一生气，"咣"地关上门回了自己的房间，连续几天，苏丽和王林生气争吵，都是因为这只猫。

周五晚上，苏丽和朋友相约一起吃饭聊聊天，会晚回来。赵敏在厨房做饭，小黄在一旁等着美味。王林闲着无聊，他打开笼门，正在喂小白鼠吃东西。

这时候电话响起，苏丽打电话叫王林接自己，被好朋友放鸽子的她，憋了一肚子气。王林穿上衣服和母亲打了声招呼，拿着车钥匙匆匆出门了。

赵敏在一边看着菜谱，听说儿媳妇回来了，准备再加个她爱吃的菜，一个人就开始在厨房忙活。

另一边，却没看到小白鼠和黄猫的一场大战，战争的结局是——黄猫把白鼠给咬死了。它显然不吃老鼠，看到小白鼠断气后，潇洒扔在一边，高傲地离开。

苏丽赶回家时，看到了家里的惨景惊声尖叫，大喊："妈你太过分了！"

赵敏本来要解释，看见苏丽的样子，委屈得眼泪直打转，就被儿子送回了家。他怕她们吵起来。

赵敏去找楼下李老太，一边聊天一边抱怨，李老太说："我可不管他们，事太多，自己一个人清静。"周边的老人们走过来聊天，赵敏却一点兴致也提不起来，李老太凑到她耳边说："想想，我都替你憋屈得慌……"

赵敏回到家后，辗转反侧睡不着，不过她下定决心要冷一冷这小两口。

赵敏和同小区的老头老太太起了个大早，他们准备去跳广场舞，顺便拉着小黄兜风。

赵敏身穿黑色运动衣，一头浓密的长发盘在头上。她和伙伴们在广场上翩翩起舞，她做了一个决定，锻炼身体时要瘦下来。

太阳出来了，赵敏坐在椅子上休息，小黄猫慵懒地躺在她的腿上，她不停地抚摸，小黄偶尔会发出喵喵的声音来回应着她的谈话，或者对她撒一下娇。赵敏拿着饭菜放到了椅子上，小黄围着她在转，眼睛目不转睛地看着她，喵喵叫着，赵敏只顾记舞步动作，猫可能太饿了，它不小心把椅子扑倒，饭菜洒了一地。小黄蹲在地上享受着美味，赵敏沐浴着阳光。

孤独有你

一周都是如此，这是他们这几天形成的习惯，也是她一天中最快乐的时光。

小黄渐渐地十分依赖赵敏。

有时候王林和苏丽来，赵敏还是会给他们做好吃的饭菜，只是和苏丽没有原来那么亲近，心里一直有个疙瘩没解开。

原本赵敏并不太喜欢宠物，可几个月相处下来，赵敏十分宠爱小黄。

他们在一个桌上吃饭，有时候在一个床上睡觉，赵敏闲着时就会给小黄做卫生，带着它跳广场舞，一起做运动。小黄猫有什么不舒服，或者小病痛的时候，赵敏会很着急，帮它寻找医生。

路过街边菜市场，赵敏前去购物，她挑了好长时间，小黄从赵敏怀抱中溜走，无聊地在街上寻找着自己的同类。

过了好一会儿，赵敏挑好了食物，她转身吆喝着："小黄，小黄……"没有回应，这下赵敏急了，她提着蔬菜篮四处寻找，不停地呼唤着："小黄，小黄。"

傍晚的风吹在脸上很凉，赵敏依然没有找到小黄，儿子在公司听说母亲还没回家，便焦急地让苏丽去寻找，苏丽开着车在马路上，脑袋伸向窗玻璃外。赵敏一个人坐在街边的椅子上，面对着漆黑的长夜，她很担心小黄。

当苏丽看到赵敏时，被婆婆的举动吓坏了，她说："您大晚上不回家，我还以为去哪儿了。"

看到苏丽后，赵敏忽然像个无助的孩子抹着眼泪，哽咽着说小黄不见了。

苏丽第一次见到婆婆这么脆弱的样子，心里也难过起来："没事，妈你上车我和你一起找。"

赵敏顺从地上了车，和苏丽一同张望呼喊。

婆媳飞奔在路上，赵敏的头像个转盘，左看右看，她们把目标锁定在菜市场对面的公园中，赵敏猜想小黄可能去找同伴了。她们把车停好之后，二人一起寻找，忽然，天空中下起了雨，苏丽拉着婆婆跑到了凉亭躲雨。

一位推着垃圾车的清洁工从她们面前经过，清洁工走向不远处，前面有堆积的纸箱，几十秒后，事情出现了令人想不到的转机。

清洁工拽起空纸箱，"喵喵"，一只猫从里面探出头来，清洁工一手拿着空纸箱，一手准备伸手去抓猫。赵敏看到这一幕，立刻跑过去，她高兴地喊着："小黄，终于找到你了。"小黄的身边有好几包小食品，包装都是撕开的，不知道是哪位好心人放的，难怪它会偷偷跑来。

赵敏俯下身子把小黄抱在怀里，小黄乖乖地依偎着她，并用舌头舔她的手。赵敏把小黄抱到凉亭之中，用手擦去它毛皮上的水珠。苏丽冒雨去开车，赵敏上车后，脱下外面的褂子，把猫严严实实裹在里面。

几分钟过后，车到了家门口，苏丽打了电话报平安，她扶着婆婆回家，赵敏不小心崴了脚，痛得直叫。苏丽搀扶着婆婆回到了家。回到家后，苏丽给她上药、擦油，她的脚整整痛了一个星期才好。

一星期过后，赵敏终于可以活动了，她准备带小黄散步，路过超市的玻璃门窗时，她看到了摆在架子上的呼啦圈。她走进去仔细看了看，听说呼啦圈能减肥，赵敏立刻动了心，她试了试大小，最后拿着呼啦圈回家了。

就在赵敏准备一试身手的时候，苏丽来了，她来看望婆婆的脚

孤独有你

有没有好好恢复，映入眼帘的却是婆婆自己在转呼啦圈玩儿。看着她笨拙的样子，苏丽忍不住哈哈大笑。

赵敏想喝冰镇饮料，有好几次忍不住想要打开冰箱，苏丽每次都跑过来，把饮料扔回冰箱里，立刻阻止了她。

小黄从门外回来，跑到赵敏身边，安静地趴下。苏丽抚了抚小黄的头，心想：有了你可真好，一大家子又亲近了。

第 4 话

第 4 话

苏琴琴和她的书香岁月

"上吧!小黑!祭出你的惊天神剑,解救这座危难之中的城市!"

"别偷懒,小白!小黑的血条不够了,快加血加血!"

"好样的!敌人体力不足了!胜利就在眼前!"

"别吵别吵,谁在唱歌?我们在拯救世界呢,别在这时候唱歌!听到了吗?说你呢周杰伦!等一下,周杰伦?"

苏琴琴猛地从睡梦中惊醒。

那些梦中的轰鸣声和呐喊声在这一瞬间消失了,当苏琴琴睁开双眼,她看到的是熟悉的房间,房间墙上挂着的明星海报,以及被微风轻轻吹起的淡粉色的窗帘。

窗明几净,卧室内唯一在回响的声音,是从苏琴琴放在枕边的手机内传来的周杰伦的歌声。

都说如果你爱一首歌爱到要命,那就千万不要把这歌设置成起床闹铃,苏琴琴越来越对此深有同感了。她不情不愿地抬手拿起手机,关闭了歌声闹铃。

而当她坐起身,看到透过窗帘投射到地上的金黄色光芒,她的心中又被一阵温柔占领了。于是她从床上爬起来,走出卧室,在卧室外的走廊内,梦中英勇神武的小黑和小白正在那边进行着它们每天早晨的日常。小白的日常是趴在窝里玩自己的爪子，而小黑的日常则是拼命去抓那些在地上不住闪烁的光点。

这一切既平常又安静，而只有平常，才能给予苏琴琴最需要的安心感。

苏琴琴先是去卫生间洗漱一番，接着回到房间化妆梳头，最后换上出门的衣服，背上背包。她拿起放在门边的篮子，当回到走廊，小黑仍在跟那些光点过不去，而小白仍对它的爪子情有独钟。

"好啦两位，咱们得去上工了！"

苏琴琴先是过去把小黑抱起，小黑对此表示十分不情愿，它仍然不停地朝那些光点挥着爪子，好像不抓到它们便不会罢休，然而猫咪的小小身躯并不能抵抗人类无情的双手，最后小黑面对的命运依然如往常一样：被放进了那个温暖舒适的篮子内。

至于小白就好对付得多了，从苏琴琴把它抱起来，一直到把它放进篮子中，小白仍在玩着爪子，对周遭发生的一切仿佛浑然不觉。就好像是，不论身在何方，只要不剥夺它玩爪子的权利，那么它便可以任由处置，毫不反抗。

苏琴琴稍稍安抚了一下篮子内的两只猫咪，这才算终于完成了一早上的动作，打开门走了出去。

她住的是最便宜的那种出租公寓，公寓内没有客厅，卧室外面便是走廊，而卧室本身也十分狭小，活动范围仅限于睡觉和使用电脑。这日子过得有些清苦，但因为有小黑和小白的陪伴，她也还算得上怡然自得。

她工作的地方距离公寓只有十几分钟路程，那是一间并不算大的书店，只有上下两层楼，坐落在距离市中心稍远的地方，平日里环境十分安静，很是颐神养性。但书店说到底总是卖书的地方，总不能像图书馆一样以安静作为终极追求。

苏琴琴已经在这里工作了一年多,对比其他同学而言,她拿到的薪水算是比较少的,可她又并不愿意更换工作,对喜爱安静和读书的她来说,只有在充满着书香的地方她才能找到归属感。

已经是初秋了,天气有些凉,苏琴琴出门时只穿了一件薄风衣,当一阵风从她脖子边滑过,她不禁打了个哆嗦。这让她不自觉地整理了一下覆盖在篮子上面的小被子。

这是她的习惯,每当她有了什么感受,冷了或者是热了,她总是第一时间想到她的两只小猫咪。

小白还算听话,安安稳稳随她摆布,但小黑却总想要从篮子内探出头,对被装在篮子里这件事情表示十分不甘心。因此苏琴琴只能一次又一次地把小黑毛茸茸的小脑袋按回到篮子内,这动作熟练而利落,是她常年重复的成果。

在经过最后一个十字路口之后,苏琴琴终于来到了她工作的书店。这书店的店员只有她一个人,她拿出钥匙打开房门,走进书店内,把篮子放在距离门口较远的那张桌子上,小黑立刻从篮子内跳出来,而小白则仿佛对篮子十分留恋,仍趴在那里享受着晒到身上的阳光。

至于苏琴琴,她拉开所有的窗帘,阳光顿时把书店内照射得亮亮堂堂,接着她擦了擦书架和桌子上的灰尘,在一切都打理妥当之后,她终于回到自己的工作桌前,开始了一天的书店经营。

书店所处的位置客流量并不算大,与那些处于闹市的商场、冰淇淋店之类的小店的客流量完全不能同日而语。但这书店也不能说它有多么冷清,来此地流连的顾客来来去去,一天里总能保证在店

孤独有你

内驻留着两三个人。

当然也只是驻留而已，真正会拿起一本书籍，来到苏琴琴这边提出要购买的那是少之又少。

"好可爱的小猫咪！"

两个学生样的女孩子走进书店，直接奔着小黑和小白走过来，很显然，她们在店外时就已经被小黑和小白牢牢吸引着。

"它的眼睛可真漂亮，就像玛瑙一样！"一个女孩转过头问苏琴琴："这是你养的猫吗？"

"对，它叫小黑，另外那只叫小白。"苏琴琴微笑对她说。

"它们可真有意思！"

"真羡慕你，"另一个女孩对苏琴琴说，"你这简直就是我理想中的生活！一家书店，两只猫咪，在我的设想里，我的未来就是这个样子！"

苏琴琴笑着没说话，她很想告诉这个跟过去的她有些相似的女孩子，告诉她自己从前也是这样认为的。直到一年前，当苏琴琴接受这份工作时，她也觉得自己终于找到了自己理想中的生活。

伴随着幽幽的书香，在小黑和小白的陪伴之下，可以有个男朋友，也可以没有，就这样安静度过一生的时光。

但那时的苏琴琴并没有料想到，理想并不能为她带来面包，她只是一介凡人，并不能做到清心寡欲。当同学聚会时，看到其他女同学背着漂亮的包包，开着豪华的轿车时，她也会心生羡慕，也会埋怨为什么自己追求的不是那样的生活。

朋友圈里，总能看到同学们到处旅游的照片，有些去了全国各地，有些去了东南亚，有些去了欧洲，她也想这样放下一切去旅行，但事实是她的经济条件不允许，别说路费和住宿费，她连申请签证

第 4 话

都比其他人困难。

起初几个月的惊喜很快便消失不见，取而代之的是沉闷和无聊，原本她梦想中能把她淹没的书香，渐渐变成了锁住她的牢笼。她不知道这种变化到底是对还是错，究竟是她终于看清楚了现实，还是她远离了原本的初心呢？

那两个女孩子已经拿出手机在跟小黑和小白合影。小黑显然对此非常不情愿，而小白则是一副无所谓的态度。苏琴琴总觉得，说不定在小白的眼中，所有的人类都无比愚蠢，所以它才能永远保持这样的怡然自得。

当两个小女孩离开时，她们仍然对小黑和小白恋恋不舍，而整个过程内，她们几乎完全没有朝书架上那些书本看上一眼。苏琴琴有些哭笑不得，在想要不干脆把小黑和小白的日常做成书本来卖算了。

其实现在书店生意的不景气也不能完全怪大家不买书，因为事实是并不是他们不买书，而是现在网站和自媒体发展得太红火，许多人买书的第一选择已经不再是书店，而是亚马逊，甚至很多人干脆不再买实体书，而是选择 kindle 阅读，或是直接在手机上看文章。

这让苏琴琴心上起了一阵惶恐，如果时代继续发展下去，会不会从此人类社会将摒弃书店这一存在呢？会不会在几十年后，城市内再也没有这样能让人驻足，能让人远离喧嚣投入一场静谧的阅读时光的地方了呢？

苏琴琴感到有些憋闷，她打开电脑，在音乐播放器内打开了一个法语歌单，接着这小小的书店内便环绕起了舒缓浪漫的歌声。

小黑不怎么喜欢这种舒缓的歌，它又在跟窗外对面楼顶不停飘动的旗子较劲了，而小白好似沉浸在了歌声之中，几乎快睡着了。

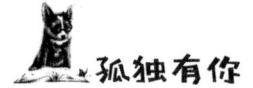

午后,吃过午餐的苏琴琴把猫食放在篮子内,当涉及到食物,就算极度不喜欢篮子的小黑也乖乖过去吃起来。

苏琴琴的午餐算不上丰盛。这个月的工资还未到账,她已经没有多少可花的钱了,而即便工资到了手,她也仍然得算计着花钱,没办法像其他人那样放开了去吃好喝好。

店内的空气中仍飘着动听细腻的歌声,当沉浸在这歌声之中,哪怕并未翻阅任何一本书籍,在店内停留的时光仍能给人带来无与伦比的享受。

"我想买这本书。"

一个看起来40多岁的中年男人将一本很厚的书放在苏琴琴的桌面上,那是一本英文原版的小说,据说这小说在西方十分畅销。苏琴琴一直不明白为什么老板要引进这种冷门书籍,首先欧洲小说在国内的销量就有限,更别提这种大多数人都不会选择的原版书籍。有时候看到老板的引进书单她都会觉得哭笑不得,她得承认老板对书的品位不错,但实在有些曲高和寡。

"好的。"苏琴琴对顾客微笑说道,她扫描了书上的条形码,"86元。如果你有会员卡可以打八折。"

"没有会员卡,给我按原价算吧。"顾客拿出钱包,抽出一张信用卡递给苏琴琴。

苏琴琴一边操作刷卡收钱,一边听到顾客问:"店里只有你一个人?"

苏琴琴点头,接着又用下巴指了指那边的小黑和小白:"还有它们。"

顾客笑了:"好在它们不用跟你争薪水。"

"但它们会朝我要猫粮。"苏琴琴说,她刷好了卡,把信用卡又递还给顾客。

"这种日子真不错,"顾客趁苏琴琴为他的书装袋子时说,"一家店,一个人,两只猫。"

"只是看起来不错,我的钱包可就不那么想了。"苏琴琴站起身,把装书的袋子递给顾客,"您收好。"

顾客接过了书。

"谢谢,"顾客说,"不过我跟你的观点不同,我觉得,收入不仅仅意味着工资条上的数目,我猜您一定在这份工作上得到了更多。"

顾客拿着书,微笑对苏琴琴点头再见,接着缓步离开了书店。

苏琴琴坐下来,这顾客的话触动了她的心弦,她一时之间怎么也没办法把顾客的话从她脑海中抹去。

小黑忽然跳上了她的桌子,把她放在那里的一只笔踢到了地上,之后又若无其事跳下去,开始跟那支笔过不去,而一旁的小白伸了个懒腰,看戏一样看着小黑在那边闹腾。

苏琴琴忽然懂得了那顾客的话。

是的,她的薪水并不多,但很显然,在这份工作内,她得到的并不仅仅是账户上的那串数字。

她从老板那边学到了对书籍的品味,而在这每日里与书和猫作伴的岁月中,她更享受到了时光的静谧和阅读的惬意。这些都是那些拿着高薪但匆匆忙忙的人们体会不来的。而她并不能随口断言,到底是哪一边获得的东西更多一些。

她也学小白,长长地伸了个懒腰。

很好,岁月很好,阳光很好。

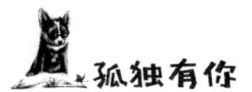 孤独有你

你还有我

这故事直到今天说起来仍然仿佛是件传奇。

2009年的初夏，那时候风清日和，岁月明媚，谁都不曾料想过命运会从平静的天空之中降下一只可怕的大手，这大手撼动山石，颠转日月，只在一夕之间便改变了成千上万人的整个人生。

那天夜里，于小葵在写过作业后便早早上了床睡觉，她已经在读小学六年级，第二年就要升入中学，要强的她最担心的就是成绩落于人后，每天在家几乎把所有的时间都投入到学习中去。

当她坐在桌前读书做题的时候，他们家养的那条名叫聪聪的柴犬便趴伏在她的脚边，安静地玩着自己的爪子。

她很喜欢那样的时刻，既不会使她感到孤单，同时又不会让她因身边有其他人而无法全身心投入到学习中去。当她读书读累了，她会在聪聪的后背上抚摸一把，这个动作对聪聪来说是个绝佳的抚慰，而对小葵来说也同样是令她放松的减压方式。

回想起来，在她漫长的学习生涯内，聪聪总是这样安静地陪伴着她，甚至比父母陪伴她的时候更长更久。

所以在上床睡觉之前，于小葵总是会习惯性对聪聪道一声晚安。

第 4 话

当小葵进入梦乡后,有时候聪聪会回到它自己的狗窝内,有时候则自己趴在小葵的床脚旁边。

这天聪聪的选择是回到狗窝,而小葵则在自己的房间内,独自进入了梦乡。

小葵睡得很沉,因为她白天学习非常疲惫,所以晚间必须得得到充分的休息。她也不知道自己睡了多久,她仿佛做了一个很长很长的梦。

模糊之间,她忽然感到天地旋转,她感到大地在剧烈晃动,这似乎是一个非常不寻常的梦,她翻了个身希望把这个梦赶走,但世界却晃动得更加剧烈了。她不耐烦地翻来覆去,可身下的床也变得仿佛有了生命般不住摇晃,甚至整个房间都开始剧烈地摇晃。

小葵听到世界断裂的声音,当她的神智终于清醒一些,她开始听到爸爸妈妈呼喊她的声音。

接着,她听到了整个世界的呼喊声,更听到聪聪狂吠的声音。

她猛然睁开双眼,终于意识到发生了什么。

房门被剧烈地撞开,是仍然穿着睡衣的父亲,父亲神色惊慌冲着小葵大喊:"快出来!地震了!"

小葵连忙从床上跳下来,但这个动作已经很难完成,因为整个地板都在疯狂摇晃,小葵几乎是连跌带撞奔向房门,爸爸一把拽过小葵的手,拉着她,和刚刚从卧室内取出重要物品的妈妈一起往门口奔过去。

他们得迅速离开这栋楼房,只要能到达楼外的空地,他们就能暂时得到安全。

但当来到门口,爸爸去拽门,却发现门已经变形了,根本就打不开。

爸爸几乎是发疯了一样去砸门，但门仍然在那里纹丝不动，房屋晃动得愈发厉害，小葵听到窗玻璃碎在地上的声音。

她听到父亲在大声喊："我们从窗口跳出去！我们是二楼，不会有事！"

他们一家连摔带爬又朝窗口奔去，就在即将到达窗口那一刻，忽然天花板上一块巨大的石块掉落下来，小葵尚来不及反应，身体瞬间被她父亲推开，再回头，她只看到父亲被那石块重重地压在了下面。

小葵连恐慌的机会都没有，天花板仍然在不住向下掉落，她听到妈妈在哭喊着爸爸的名字，接着，她的身体忽然被妈妈罩在身下，接着是重重的撞击感，再接着，她就什么都不知道了。

当小葵醒来时，她感到浑身都在疼痛。她睁开双眼，所能见到的只有黑暗，她什么都看不到，只能凭感觉判断她的处境。她的身体被什么东西重重地压着，不论她怎样努力，都无法挪动分毫。空气中充斥着令人窒息的灰尘，她每呼吸一次，这些灰尘都会充满她的肺腔，让她胸口憋闷难受。

她还记得自己学过的知识。人类呼吸是要靠氧气的，在封闭的空间内，氧气很快就会被消耗掉，那时候她就会没命了。

她害怕得要命，想要呼喊，却发现自己连喊出声音的力气都没有。

这是她人生里最为绝望的时刻，她想知道她的爸爸妈妈都去了哪里，想知道她的聪聪在哪里，她最想知道的是此时此刻她自己正在哪里。

接着，一阵剧烈地晃动让她更加惊恐，她意识到地震还未结束，而死神的大手正在向她缓缓伸过来。

由于严重缺氧,加上余震,于小葵再度昏迷过去。

再一次醒来,于小葵发现她竟然能看到一丝光亮,虽然仅仅是微弱的光芒,但总算为她点燃了希望的火种。她顺着光线艰难地挪动脑袋,终于看到在她的斜上方有一个通气口,并且从那里传来了刨地的声音,同时,她隐隐约约听到了狗叫声。

"聪聪?"她用微弱的力气呼唤出声,这声音是那样小,她怀疑聪聪并没有听到。

但聪聪似乎真的听到了,因为接下来,聪聪刨地的速度明显加快了。

有灰土从通气口掉落下来,但同时通气口又变得大了一些。于小葵感到她的呼吸已经不像之前那样艰难了,她试着挪动身体,但仍然无法做到。而当她用力时,她感到大腿和胸口都剧烈疼痛起来。

借着微弱的光线,她看到身上有鲜血,同时看到有石块正压在她的腿上,这大概就是她无法挪动的原因。

巨大的恐惧感侵袭了她的全身,她浑身开始剧烈地发抖,眼泪也止不住地流出来。

"为什么会这样,为什么会这样……"

她几乎是在胡言乱语了,而她听到,在斜上方,刨土的声音仍在继续。

"我们已经搜索过了,没发现有其他生命的迹象。"

在废墟边上,一名救援队员正在向他的上级做灾情报告。

这是一场罕见的大地震,几乎摧毁了城市周围的所有村庄,城市内部和郊区受到的损失也同样严重,救援队光是搜索废墟就用了整整两天的时间。

"再搜索一次，我们不能放过任何可能的机会。"上级对他的队员指示说道。他神情沉痛，眼前的景象用人间地狱来形容也完全不为过。

"是！"队员听从指示又回到废墟之中。

搜索工作十分艰难，因为许多倒塌的楼房仍不安稳，随时随地都可能掉下来一块石头砸到人。搜索队员们一边深入废墟，一边还要随时注意周围的情况。

他们几乎无法辨认路途，只能踩着石块踏过所有能踏过的地方。

"你们听，那边好像有狗叫声！"

"你再仔细听听，在哪边？等一下……我也听到了！"

接着其他队员们都纷纷听到狗叫的声音，方向感好的直接走在前面为大家带路，他们绕过几个十分不好走的废墟堆，在经过一个狭窄的墙缝之后，终于看到了声音的来源：

他们看到一条柴犬正在废墟上不住刨着土，这柴犬满身都是尘土和血迹。

救援队员们连忙奔过去，当走近了，他们注意到这柴犬那两只刨土的前爪上已经溃烂到能见到骨头了，甚至地上的土都沾满了血迹。

当看到救援队的人们，这柴犬立刻朝他们大声吠叫，并更加用力刨起土来。

"你跟我去把那块石头抬起来！"一个队员对另一个说，接着他们迅速行动，过去抬起了石头。

"这里有个小女孩！可能还活着！"

四

灾后重建的工作并不轻松，许多失去家庭的人们将有很长一段时间内都无法扫去心上的阴霾，但逝者已矣，活着的人还需要好好活着。

第4话

在被救出废墟的最初一个月内,于小葵是在医院内度过的,她的腿部受到轻微骨折,身上也有许多需要恢复的重伤和轻伤,她的肺部因为在废墟内吸入过多粉尘而发了很久的炎症,而在这段养伤养病的期间内,陪伴她的只有同样伤痕累累的聪聪。

于小葵还是个小孩子,尽管她已经接受了失去父母的事实,但她尚未理解这究竟意味着什么,她唯一知道的是从此她再也没有了至亲的亲人,从今往后她受一切的苦,遭一切的罪,都不会再有人心疼她,也不会再有人给她那些令她安心的怀抱了。

躺在病床上的一个月里,于小葵大部分时间都是沉默的,她小小的身体尚无法承受这样沉重的重量,这几乎要压垮了她。

但聪聪依然在她身边守护着,就如同在废墟内的那三天三夜。

许多人告诉过小葵,聪聪为了保证小葵能活下去,它在废墟上方整整刨土刨了三天三夜。它一刻都不敢停歇,因为只要它稍稍偷个懒,尘土和沙石很快就会把那唯一的通气口掩埋住,那么小葵就真的活不成了。

说聪聪是小葵的救命恩人也不为过。

但他们之间又哪里只是一个救命恩人可以形容?不论对小葵来说,还是对聪聪来说,如今他们已经是彼此唯一的陪伴,也是唯一的亲人了。

今后的日子必将充满艰难,但不论如何小葵是幸运的,因为她还有聪聪,而她也知道,聪聪就会如同她父母一样,永远守护在她的身边。

这是经过了生死考验的约定。

如果注定悲伤

这世上有很多孩子，被上帝吻过的，带着上帝的标记行走人世间。

何强就是这样一个男孩，左手先天性畸形，只有四指。

只是手指的小小不同，不会对行动有太大的障碍，因而也不会对人生有什么影响。何妈一直这样安慰自己。

从何强出生以后，她流过很多眼泪。她也知道这算不得什么严重的残疾，只是命运的安排，但还是控制不住地自责。

何强的奶奶去医院闹了大半年。其实何爸何妈知道，医院没有什么责任，检查都是常规进行的。但是老太太钻了牛角尖，心情不顺了时常就跑去闹上一场，小两口只得时常请了假去救场。

家里添了婴儿，本是高兴的事情，却因此阴云密布了近一年。

随着小何强一天一天长大，也越来越可爱，家人渐渐忘记了这件不愉快的事。

每个人都希望自己的人生是完美的。一点小小不同，其实远远没有想象中那样重要。

第4话

　　有家人呵护的童年是幸福的,小何强被父母保护得很好,无忧又无虑。

　　只是不知道从什么时候起,他越来越在意这件事了。何妈敏感地注意到,儿子变得沉默寡言,喜欢穿大一点的衣服,将手缩进宽大的袖筒里,走起路来甩呀甩。

　　同学有意无意间的提起,都会严重地伤害他的自尊心。

　　一次月考后,何强所在的班级新换了座位。

　　他的同桌也从一个文静的女生变成了一个活泼的男生。

　　刚开始,两人很少说话,但同桌时间长了,两人渐渐熟络起来。

　　一日,同桌好奇地问他:"你的手是怎么回事啊?小时候发生过事故吗?"

　　何强看对方真切的目光,不像是取笑自己,便低声且简短地说:"不是,出生就这样。"

　　同桌又接着问:"先天的?你家有人也这样吗?"

　　何强红了脸说:"不是的。"

　　"就你自己?疼吗?"

　　他有些不好意思,也有些羞愧,便不理同桌,开始做习题。

　　同桌不知他为何没回答,怕是他没听见,又问了一遍,对方还是不理。

　　同桌有些生气,大声甩了句:"有病吧你。"

　　刚要转过头,跟后面的同学聊天,就听到何强怒气冲冲地吼了声:"你说谁呢?"

　　同桌回头,看着他目光炯炯,有些胆怯,嘀咕了一句,就走开了。

孤独有你

类似这样的事多了，同学都觉得何强是个"怪胎"。

班级里一些顽皮的同学也开始用他的先天性残疾取笑他。

每当如此，他就像只被围剿的狼一样，猩红了双眼，孤注一掷。

他与同学之间的矛盾越来越深，加上班级里的几个小恶霸，何强在学校的日子过得越来越艰难。

老师知道后，教训了几个闹事的同学。

也因为老师的惩罚，让这帮坏小子更加痛恨何强。

此后，他的文具开始无故失踪。

又丢了几根新笔，无可奈何。何强问前桌的女孩："你看见我的笔了吗？"

"没有，笔不见了？"

"嗯，早上还看见了。"

"你再找找，我的笔也总没。"

"嗯。"

过了两天，何强在垃圾桶里看到了他的笔。

还有更严重的，他的课本也未能幸免，偶尔有几页，被画得面目全非，每次何强只能眼里忍着泪把残破的课本收起来。

何强的父母也发现他的文具没用几天就没了，问他怎么回事，他要么说送给同学了，要么说丢了，要么说借给别人了。

父母俩猜到他在学校受了委屈，但也不知道该如何是好。

这天课间，何强趴在桌子上睡觉。

耳边偶尔传来窸窣的声音，他也没在意。

上课铃响了，何强睡眼惺忪地从桌子上抬起头来。

教室里顿时一阵爆笑。

他奇怪地左右看看，发现大家都在盯着自己的后背。

他使劲扯着校服往后看，原来有人在他的后背上画了只乌龟。

何强刚要发作，老师踩着第二遍铃声进屋了。

他只能咬着嘴唇默默地坐下，把委屈忍下。

家门口，他擦了擦眼泪，深呼一口气。

晚上，何强在自己的卧室里写作业。

"小强，你的校服呢，妈妈给你洗洗。"

"啊，不用了，还……不太脏。"他结巴着说。

"天气热，出汗多，洗洗吧。"

"哦，那……"何强磨磨蹭蹭地拿出团成团儿的校服。

何妈打开一看，愣了一下，看着何强咬着牙的模样，有些心疼，什么也没说就出去了。

何强倔强地抿着嘴，眼泪慢慢滑过脸颊。

何妈洗完校服，端了盘水果，想跟他聊两句，都被何强打断了。

何妈没办法，只能唉声叹气地回了卧室。

何爸听到声音，把目光从报纸上移开问："你怎么了？"

"你有没有发现小强最近有些不对劲？"

"怎么了？"

"刚才给他洗校服，后背上全是笔道。"

孤独有你

何爸摘了眼镜，揉着太阳穴说："以前还小，不在意，往后越来越大了，事也就多了。"

"要不让他去残疾学校上学？"

"这也不是办法，还是要让他自己明白……"

"要不转学呢？"

何爸也有些惆怅："这也治标不治本。"

"小小年纪，就要经历这些，哎……"

"要不咱们明天带他买个宠物吧，能陪着他，让他开心一下。"

何妈叹息着点头说："我看行，正好是周末，去看看吧。"

看着时间还早，何妈对何爸说："你说咱们要不要给老师打个电话，问一问？"

何爸也想了解一下到底是怎么回事，但又有些顾虑"万一老师不知道，周一去学校查了，他们更欺负小强怎么办？"

何妈找出电话号，看了一眼何爸，何爸也关切地盯着电话。

拨出电话，嘟了两声后，传来何强班主任的声音，听声音就能感到她很疲惫。

班主任和何妈沟通了何强在学校里的情况。

何妈对班主任的话表示理解和支持，她又问起何强校服上的画。

班主任很惊讶，说她全然不知，白天上课的时候还没事。

她还请何爸何妈放心，一定不会再出现这样的事。

最后还表示："希望家长多多配合，能多沟通和疏导。同学们没有恶意去看待他的不同，而是在他心里无限放大了这件事。"

四

何强吃过午饭后,正要回屋写作业。

何妈叫住了他,告诉他家里要养只宠物。

何强很高兴,脸上充满了期待,展现出久违的笑意。

去宠物市场的路上,一家三口不停地商量,养什么宠物。

何爸主张养狗有趣,何妈则说养猫省事,何强则说兔子最可爱。

最后以何强的胜利,何爸何妈的妥协告终。

到了宠物市场,人山人海。他们一家家地找有兔子的摊位。

连看了几家兔子,都太过娇气,少了兔子的自然活泼,何强都不喜欢。

何强指着远处一家杂乱的摊位说:"咱们去那儿看看吧。"

"行,去看看。"

"好像还挺多的。"

何爸何妈回应着。

这是一位年事已高的爷爷负责的摊位,前面堆了十几个兔笼,每个兔笼里五六只兔子挤在一起。

这时候从老爷爷脚边伸出一只黄灰色的小脑袋,皮毛亮亮的,与之前看到太过漂亮的兔子完全不一样。

小兔子左看看右看看,蹦着跑开了,只是姿势有些别扭。

何强转过身对爸妈说:"我想要这只。"

老爷爷看看面前的小男孩,又看看他的父母。

直截了当地说:"这只兔子有残疾,你们可想好了。是别人都不

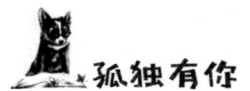

要,我才拿出来自己养的。"

面对何强殷切的目光,父母同意了,对何强说:"那你再挑一只吧,要不我们不在家的时候它多孤单。"

挑完兔子,老爷爷算账收钱,嘱咐一家三口:"这只兔子有残疾,但它自己生活不成问题,你们不用特意照顾它,它反而活得更舒服。"

一家三口拎着两个兔笼和乱七八糟的兔子用品开车回家。

在车上,何强把那只小黄兔拿出来,捧在胸口,这是一只小公兔,虽然少了一条腿,蹦起来姿势有些奇怪,但它毛色发亮,一身肉厚实有力,与其他宠物兔软绵绵的样子截然不同。

何强一边抚摸着它,一边替它想名字。

何妈也帮着想了几个,都不满意。最后何强给它取了个简单直观的名字"小黄毛",另一只也顺势起名"小白毛"。

"小黄毛"和"小白毛"就这样,在何家的阳台上安了家。

何强格外喜欢小黄毛,没事就跑去看它。

还把阳台的门打开,让它们在屋子里跑来跑去。

虽然小黄毛有残疾,没想到它跳起来竟然比小白毛还高还快。

何强兴奋地把这个新发现告诉何爸何妈。

看着孩子因为兔子一点点改变,何爸何妈说不出来的高兴。

这一天,不知两只小兔怎么弄的,并排夹到阳台箱子的缝隙里,何强想搬开箱子,但实在太沉了,父母也还没有回来。

他想伸手把兔子拿出来,奈何缝隙被兔子塞得满满的,一根手

第 4 话

指都伸不下去。

他想着只能等父母回来帮他搬开箱子了。

好在两只小兔在缝隙里眼神滴溜溜地转,表现得很活泼,看来没受什么伤。

何强拿了点兔草喂它们。

不知是吃草心切,还是在缝隙里待得太久了,小黄毛开始动来动去,想蹦出来。

只见它在狭小的空间里,使劲向下几秒钟,再突然发力往外蹦。

可惜箱子太高,它碰到箱子,又摔回缝隙里。

一连试了几次都没有成功。

何强怕小兔受伤,给小黄毛多塞了点草,还安慰它。

"别着急,别着急。一会儿就好了。"

何强伸手摸摸两只小兔子。

小黄毛把身上的草抖掉,又是一次下蹲,发力,蹦得老高。

砰的一声,它落到了箱子上边。

小黄毛像胜利者一样,站在箱子上回头望望小白毛,跳下箱子,继续吃草蹦跶去了。

小白毛受了鼓励,也开始往外蹦,试了几次也成功脱险。

何强看着两只小兔,若有所想。

他看着小黄毛在家里溜达,发现小黄毛丝毫没有受三条腿的影响。

它每天东瞧瞧西逛逛,开心得不得了。

看到小白毛在旁边,也丝毫不畏惧,该做什么还是做什么,甚至比小白毛还厉害。

何强好像有所决定,他的拳头暗自捏紧。

孤独有你

第二天上学,第一节课刚下课。

何强叫住了同桌,脸有些红,对他说:"对不起。"

同桌也不好意思地挠挠头:"没事没事,那咱们去操场吧。"

"嗯,走吧。"

渐渐地,周围的同学发现何强的变化。

他们发现何强笑的好像越来越多了,但又好像不是。

不知不觉何强就跟同学打成了一片。

虽然偶尔也有人看不惯,会讽刺他几句,但何强都像没听见一样,继续我行我素,与同学一起吵吵闹闹。

连他的成绩也从原来的第十名上升到前五名。

课间总能听到"何强,这个怎么算啊"、"何强,你太厉害了",当然也有"何强,你帮我擦下黑板呗,我去帮老师搬卷子"的声音。

各种声音夹杂在一起,此起彼伏。

班主任也发现了何强的变化,给何爸何妈打去电话告知这些改变。

何妈听完激动地流了泪,何爸一边安慰她,一边上网买了更多的兔粮。

第 4 话

趁一切还来得及

　　爱是人与人之间最亲近的距离,却也会将人们拉得遥远。因为爱,多少人背井离乡,为家人的幸福去奋斗。因为爱,多少父母放下孩子,去远方打拼。

　　于是,现实告诉我们,不是所有孩子的童年都会有着无忧无虑的标签。就像在奶奶家长大的培鑫。

　　父母是一个浸着爱的名词,可对于培鑫来说,却是格外遥远而模糊。

　　父母对于培鑫来说,更像客人,或者热心的远方亲戚。

　　他们忙于生意,很久才会来看他一次,他们总是给他和奶奶邮寄很多好东西。

　　快递叔叔常常光顾培鑫和奶奶的院子,送来很多好东西,培鑫很喜欢快递叔叔。

　　其实,很小时候培鑫也爱黏着父母,他常常会抱着爸爸的大腿,让爸爸给他讲故事,拉着妈妈的手,不让他们离开。当然,这种小孩子的无理取闹必然都是无效抗争。

　　大了一些之后,培鑫便不再黏人了,他更习惯一个人的时光,甚至有些自闭。奶奶要忙活各种家务,所以只有培鑫乖巧听话不哭闹，老人家也不会过多地在意。

当父母意识到孩子的孤独时，他已经把心扉紧闭。

对于培鑫来说，奶奶的老故事他早已经听腻了，一个人时光寂静又无聊，他要学会去寻找有意思的事情。他不需要爸爸告诉他世界的模样，他已经找到了自己探索世界的方式。

渐渐地，从前爱哭的培鑫，如今已不再哭鼻子，他安静，但也很倔强，胆子越来越大，喜欢探索所有不知道的事情，可他只喜欢一个人的游戏。

时间让培鑫快速地成长，却也拉远了他与父母之间的距离。

他喜欢什么，他向往什么，他不会说，父母也猜不透。可为人父母哪个不心疼孩子，不希望孩子快乐的成长，只是这些年他们忙着事业，疏于照顾，才有了如今的隔阂。在商场打拼多年的夫妇不惧与任何人交流沟通，可对自己的最亲的孩子，却不知道该如何下手。他们想要弥补，却不知道从何做起才能换回他快乐的童年。

有时候，父母要带他去游乐场，可培鑫去过一次后，就再也不去了，他却总是对这种吵闹的游戏提不起兴趣，他更喜欢乡村，或者丛林，整片的天地，只属于他自己。

那一次，当父母说要带他和奶奶去郊外野餐，培鑫露出了难得的兴奋。

看着孩子心有期待，父母也很高兴，这毕竟是他们琢磨了很久想出的一个让培鑫开心的法子。父母很自责，但也很用心。

第 4 话

　　他们开着小轿车行驶在路上，丛林中的阳光正透过树叶缝隙照射下来，闪闪发着光，十分晶莹美丽。培鑫坐在小车上，他的头从这头的树林往那头望去，没有一刻消停，丛林公路上景色迷人，空气清新。培鑫高兴地在车窗四处遥望，做父母的心里当然也高兴。

　　"咻！"父亲忽然急速刹车，随着惯性，培鑫"咣当"一声撞在车玻璃上，幸好脑袋没有事。

　　不过刚刚好像有什么东西飘过，培鑫一家走下车，发现前面公路上有一只因车祸受伤的黑狗。

　　培鑫听到它"嗷嗷"的叫声，兴奋地喊着""爸爸，它还活着。"

　　培鑫想要上前去，被爸爸拦在了身后。

　　父亲仔细看着小黑狗，它的下半身和腿都受了伤，鲜血直流，躺在地上无力地哀嚎。父亲从车子后备箱取出药箱，妈妈过来帮忙一起包扎，培鑫试探着抚摸它的头和背，小狗很温顺地躺在地上。培鑫注意到，除了前腿的内侧有一个一字条纹，它全身都是黑色。

　　培鑫的父亲给小狗做了简单的包扎，"伤口比较深，而且还有旧伤，挺严重的，这可怎么办？"父亲正在考虑着如何处置这只狗狗。

　　"送去医院啊！"培鑫坚定地说。

　　培鑫很少主动和父亲提出什么要求。看见儿子如此坚定，父亲也毫不犹豫地答应了。

　　父亲风驰电掣地抱着小狗赶到附近的一家兽医院，培鑫跟着父亲。父亲和医生说明了情况，并把小狗送到医生手中。

　　医生在给小狗治疗的时候一家人坐在长椅上等待，父亲问他会不会遗憾今天的郊游没有实现。培鑫摇摇头，靠在父亲的臂弯里，那是从未有过的踏实和温暖。

不久后，医生出来了，父亲把医生拉到很远的地方，两个人谈了一会儿。

父亲回来后说要把狗狗留在医院治疗几天，因为兽医院离培鑫住的小镇很远。

培鑫有些不舍，但他并不会反抗，只是闷着头，不说话，心情全都挂在了脸上。

父亲摸了摸儿子的头："你给它取个名字吧！"

培鑫看着父亲，眼神里有一抹亮色。

过了半天，培鑫说："叫它石头吧！"

"好，等石头的伤彻底好了，父亲就把它给你带回去。"

父母把培鑫送回了奶奶的小院，可回去的路上父亲一直黑着脸，培鑫的母亲一直追问，他才说狗狗已经去世了。

母亲沉默了，不知道该怎么办，他们好不容易见到培鑫难得的笑脸，实在不忍心让他知道这个消息。

一夜辗转无眠，父亲想到了一个办法，母亲半信半疑，却也照办。夫妇俩托朋友通过各种途径开始寻找相似的小黑狗。

培鑫回到小镇后，生活又重回了轨道。可是，那些一个人的时光里，培鑫总会想起石头，父亲说医院离家太远，不允许他探望石头。他就一天一天地等着时间，等着石头出院。他第一次感到，时间原来也是有长短的。

终于，在10天之后，父母来了，带来了石头。石头活蹦乱跳，伤口都好了，还长胖了许多。培鑫也高兴得手舞足蹈，他抱起了石头，忽然又沉默了几秒。父母看着培鑫，尽力地用笑容掩饰着内心的紧张。

"以后它就是你的了,它可以天天陪着你。"父亲对培鑫喊道。

"谢谢父亲,我还是叫它小石头吧。"培鑫认真地说道。小石头用它的脑袋去蹭培鑫,这是它撒娇的方式。

父母也偷偷地长吁了一口气。

有了小石头的陪伴,培鑫多了不少欢笑,他走到哪儿都会带着小石头,日子也不会太孤单。

培鑫经常带着小石头去小镇附近的村庄、树林里去探险。这渐渐成为了他生活中的一部分,也添补了那些空白的时光。

他渐渐长大,小石头也渐渐长大,一天的时间里,他们也越走越远,但当天总会回来,他不想让奶奶担心,每一次出门只会在附近的小广场玩,何况还有小石头陪伴。

又到了冬季,银装素裹,培鑫的内心却一团火热,因为他要去完成一个大计划。半年时间,他已经长高了不少,也更有力气。他听说几公里外的大山里有神秘的野人,那可是他从没去过的地方。

这一天,他出门很早,背着那只蓝色的背包,带着他的小石头,踏上了一段未知的旅途。

他们找到那座山的时候已经是下午3点,虽然已经到了该返程的时间。他有些犹豫,要不要登上去。他看了看小石头,小石头嗖地跑出去了两步。培鑫高兴地紧随其后。

山很高很险,但是培鑫很兴奋,他喜欢这种探险,喜欢征服高山的感觉,所以觉得有趣极了。

两个小时后,山上开始下雪,一人一狗行走在山间,什么都没有找到。所有的痕迹都被盖住,培鑫在惊叹美景过后才发现自己

孤独有你

迷路了。

培鑫有些紧张，他只能一直往前走，风雪裹着冰寒打透了他的衣服，渐渐地他越发觉得寒冷。只有小石头还在兴奋地四处乱跑，过了一会儿小石头在前面连续叫了几声。

培鑫向那边望去，原来是山洞，他兴奋极了。可走近了一看，只是一个浅浅的只有1米多深的山洞。培鑫有些累了，他感到浑身无力，坐在山洞里躲避风雪，这一坐下，浑身像泄了气的皮球，再也走不动了。

培鑫说："小石头，你不要管我了，你先走吧。"

小石头在培鑫身前转了几圈，然后飞奔而去。

望着它远去的身影，培鑫喃喃地说："你果然不是我的石头。"又愤愤地蹬了一下脚下的雪。

天色很晚了，培鑫还没有回来，奶奶情急之下把电话打给了培鑫的父母，父母得知后，便马不停蹄地赶了过来。

父母和奶奶会合之后就十分焦急地在寻找，他们动用一切人力物力开始搜寻。因为培鑫平时只是自己玩，没有其他伙伴，所以只能漫无目的地搜寻。

在培鑫一家人无助的时候，他们忽然听到了熟悉的叫声。没错，那是小石头。全家人兴奋极了。把小石头当成人一样问来问去，小石头焦急地转了几圈，又跑出门去，全家人紧跟在后面。

许久之后，一家人在山洞里找到了培鑫。

小石头第一个先扑到了培鑫的怀里。

看到了小石头，看到了自己的家人，培鑫再也止不住自己的眼泪了。

父亲把培鑫紧紧地搂在怀里。

第 4 话

"爸爸,我一开始就知道小石头它不是我们救的那个石头,因为它的前爪上没有小石头的一字纹,谢谢你给我找来这个伙伴,我很幸福。"

父亲先是愣了一下,又把培鑫搂得更紧了。

我们永远无法弥补时间里的过错,但是好在,我们活在此刻,且还有未来。

爱你身边的一切,趁新的遗憾还没有割出伤口,趁一切还来得及。

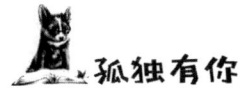

迟到的眼泪

苏小莫从来都不喜欢养宠物。

没什么特别的理由，就只是不喜欢而已。

在同事和朋友们的眼里，苏小莫算是那种性情高冷的人，不易接近，看不透内心，如果有谁不识好歹想要探索她内心深处那些秘密，那必然是会碰钉子的。

苏小莫的心上有一道门，除了她自己，谁都别想碰到那门的把手，即便是她自己，也从不敢靠近那门一步。

而门内，锁着她最不愿意去触摸的回忆。

"下班陪我去宠物店，不许拒绝。"——距离下班还有半个小时，苏小莫收到了这样一条微信。

她抬手抚着额头摇了摇头，嘴角边不禁露出一丝微笑。

于菲是那种永远都能保持高涨情绪的人，也是唯一一个从来不在乎苏小莫的脸色，哪怕苏小莫已经板起了脸，露出那副所有人都只想敬而远之的表情时，也能大咧咧拉着苏小莫说笑话的那种人。

神奇的是,苏小莫从来都没真正生过她的气,正相反,所有人中,苏小莫最是喜欢她,也最是拿她没办法。

苏小莫解开手机屏幕,在回复框里敲下:"我对猫过敏。"

只是几秒钟,她立刻收到了于菲的回复:"别搪塞我,你根本没有猫过敏,你只是讨厌宠物店。"

苏小莫无奈地笑笑,好吧,她被说中了。

接着她又收到一条:"听着,我要去领养一只可爱的短毛,你得帮我把关。"

苏小莫的嘴角嘲讽般地上翘起来。

又不是相亲,怎么现在连领养宠物都还需要把关?

但她并没有把这些想法打出来,她还记得过去与于菲的为数不多的几次争论,每一次她都会被于菲的神逻辑打败。有一种状况叫作秀才遇见兵,有理说不清。

她耸耸肩,在微信内敲下了"OK"的表情。

宠物店就在苏小莫上班的路上。她从这家店的门前路过无数次了,却从没有一次走进去过。

这是她第一次进入宠物店,不得不说,这对她而言有一种新鲜感。

"看这只可爱的小加菲!它可真漂亮!我真想立刻就把它带回家!"于菲正弯腰对着一只在笼子里的短毛猫惊叹不已,苏小莫几乎能看到满溢在于菲眼里的爱心。

"嗯,它不错,就它吧。"苏小莫用十分明显的敷衍语气说,同时双眼正无所谓地瞥向宠物店的四周。

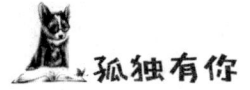孤独有你

只是一瞬间,她的目光定格在了角落处。

那里,十分不显眼的地方,有一个很大的笼子,笼子内有一只体型庞大的金毛犬,它正安静趴伏着,双眼含水似的望着苏小莫。

苏小莫的内心仿佛被戳中了。

她不知道自己是怎么了,这状况是前所未有的。她发誓自己根本不喜欢宠物,她不喜欢那些喜欢在人们怀里撒娇的小猫咪,不喜欢那些会对人摇尾巴的小狗狗,她最不喜欢的就是那种比人膝盖还高的大型犬。

但这只金毛就这样趴在那里,吸引着她的全部神经。它的目光,好像,好像一个故人。

她听不见于菲在说什么了,听不见于菲与店老板对于价钱的讨论,听不见老板对于菲交代的关于饲养的注意事项,听不见于菲对她说走吧,直到于菲开始拽她的胳膊。

她终于回过神来。

"那只金毛,多少钱?"她问店老板。

老板先是愣了愣,大概是没料到苏小莫会忽然问价钱,毕竟她很明显只是在陪同于菲。

"呃,你说大侠?"

"它叫大侠?"苏小莫问,眼底不禁漾出笑意。

"嗯,没错,它挺英勇的,所以我们都叫它大侠。事实是,如果你能把它带走,我只收你500块钱。"

苏小莫很是讶异,但还没等她说话,于菲已经惊讶地开口:"你

说500！？我没听错吧，如果不是我眼拙那这应该是只非常罕见的纯种金毛，你卖上5000别人都不会有意见。"

"没错，于姑娘真识货。"老板笑笑说，"但这只金毛有点特别。之前有很多客人看中它，但从来都没人能把它带走，有几次甚至差点把客人咬伤。我虽然是个爱护动物人士，但我也毕竟是个商人，你们知道，它的狗粮是很贵的。所以现在，我只希望能有个人能把它带走，那就谢天谢地了。"

于菲没说话，她看了看苏小莫。而苏小莫鬼使神差般地朝那只金毛走了过去。

"嗨，大侠。"

大侠抬眼望着苏小莫，像能听懂她的话一样。

"你愿意跟我回家吗？"苏小莫轻声问。

大侠嘴里呜咽一声，然后点了点头。

于菲敢发誓，这是她有生以来看到的最为玄幻的画面，而这画面就真切发生在了她的面前。

苏小莫让老板打开了笼子，大金毛乖乖地从笼子里走出来，把头靠在苏小莫的腿上轻柔地蹭了蹭。

老板惊叹般笑着摇摇头："原来这么多年来它一直等待的人就是你。"

苏小莫的心内一直有一个秘密。

"要一起出去逛街吗？"傍晚时分，苏小莫摸着大侠的头，温柔地问它。

大侠不会讲话，只是开心地去舔苏小莫的手心。

孤独有你

苏小莫牵起大侠的绳子，一同离开了她的公寓。他们走过街头，穿过路口，沿着路边缓缓散着步。

路途中他们也遇到过其他可爱的大狗和小狗们，但大侠好像对它们都不感兴趣，它只想伴随在苏小莫的身边，这让苏小莫内心里泛起一阵阵的暖流。

他们一起来到公园，这公园她过去与某人经常来，那件事后她就再也没来过了，这次也不知道是为什么，忽然有了勇气故地重游。

那些长椅，那些树木，一切都不曾改变过，但人的心境却完全不同了。

大侠跑到路边，叼起一根树枝，蹦跳着来到苏小莫脚边，将树枝放下。

苏小莫弯下腰，问她的大金毛："你想让我扔它，你再来捡吗？"

大金毛开心地摇着尾巴。

"你可真好玩，又好玩又特别。"苏小莫抚了抚大侠的头，她捡起树枝，朝前方的草地里扔过去。

大侠迅速跟上，非常利落地刁起树枝，然后转过头朝苏小莫跑回来。

苏小莫觉得自己一定是眼花了，那一刻，她仿佛看到 6 年前，看到早已尘封在她记忆中的人正朝她跑过来，就像一个大狗狗。

一瞬间，她终于明白过来，为什么那时候在宠物店她会对这只金毛情有独钟。

它跟他是那样地相像。她还记得当年她最喜欢调侃他像只大金毛。

他就是她的大金毛，就是她一生的宠爱，这就是她一直不喜欢宠物的原因，因为她早已失去了她一生的陪伴。

而现在，当大侠跑回到她的身边，她觉得仿佛是那个被她弄丢的大金毛终于回来了。

大侠把树枝丢在她的脚边，得意地摇着尾巴。

苏小莫的眼眶变得湿润，她不知该如何抑制这股想哭的冲动。

事实是她并不需要抑制自己，于是她抱住大侠的头，痛痛快快地哭了出来，这是一场迟到了6年的哭泣，一段在她心内封存了6年的伤痛。积攒了6年的泪水，如决堤般倾泻而出。

她从没这样伤心过，也从没这样让自己彻底放松过。

苏小莫并不相信那些玄妙的传说。

她不相信所谓动物通灵的故事，对她而言，那些不过是人们为了安慰自己的胡乱编造。但是现在，她总是忍不住去想象，在大侠那可爱笨拙的身躯下，说不定有一个她熟悉的灵魂。

周末的下午，阳光柔和地洒在她的桌面上。她安静地读着书，大侠就趴在她身旁的地毯上，享受着阳光在它毛皮上的轻抚。

她在读书间隙中轻瞥了大侠一眼，"我爱你"她的口齿间不经意地流露出这句话，连她自己都感到意外。

大侠嘴里嘟咕一声，像是做出了回答。

苏小莫不禁笑话起自己来，难道她还真相信了那些毫不现实的故事吗？

孤独有你

那些不过是自欺欺人的自我安慰罢了。

她俯身在大侠的头上揉了揉。不论如何,至少她知道的是,她现在的生活有了一些暖意。

第 5 话

第 5 话

回忆是孤独的使者

我们从小到大渴望挣脱束缚,渴望自由地翱翔。

直到毕了业,青春散场,孤独为伴,我们真的成了自由人,孤独的自由人,却失去了翱翔的动力。

所以,年少时我们只会展望未来,而如今,学会了回忆和怀念。

夜色最容易勾起人的思绪,27 岁的玥儿常常怀念从前的自己。

那时候,她是个爱学习的孩子,一张圆圆的脸,带着圆圆的眼睛,听父母的话,好好学习。那时候,埋下头,一学习就是一整天,忘掉全世界,不断地往脑袋里灌知识。

可如今手里拿起一本书,看了半天,也只读了只言片语。她有些惊叹于时间的魔力,连曾经最想读的小说都读不进去,她不知道还有什么,能救赎自己夜晚的孤独。

一声"咕咕"叫,让她回过神来。她放下书,逗了逗笼子里的白雪,轻声说:"我的白雪,我的青春,还好有你。"

白雪是一只白鸽,也是玥儿的青春记忆。

她一直很喜欢鸽子,小时候趴在窗边写作业,常有鸽子扑棱棱地飞着。它们很漂亮,它们很快乐,它们很自由。

那时妈妈说,她这只小鸽子,只有努力学习,才能长出翅膀,长大了像鸽子一样飞翔。

高中时,她来到了学校不远处的广场,她喜欢的男生和一个长头发的漂亮姑娘在喂鸽子。

她一个人默默地站在后面,望着天上的鸽子想,等长大了,我要留起长发,勇敢去追,痛痛快快爱一场。

大学时,玥儿给自己的第一项任务就是找一个有鸽子的广场。

她看到了一个背影,惊喜地拍了拍他的肩膀,兴奋地喊道"何帆",那是她暗恋许久的名字。

那人转身,玥儿羞红了脸。这时候她的头发齐肩,脸还是那么圆。

"我不是何帆。"

玥儿忽然冲向了一边,几个调皮的孩子正在揪着鸽子的翅膀,转圈圈。玥儿救下了鸽子,搂在怀里,轻轻地抚摸着它的羽毛,安慰受到惊吓的白鸽。

也是从那次起,他们算是结了缘,她给小鸽子起了名字叫白雪。玥儿之后每次到来,都会在鸽群里很快找到白雪。

玥儿每次来到广场,都挂着满满的笑容。

可是,凡事都会有例外。

第一次,她失恋了,自称与她性格不合的男友,选择了她更漂亮的室友。她感受到前所未有的痛苦,和前所未有的迷惑。

她来到了广场,望着飞翔的白鸽。他们还没来得及一起喂鸽子,为什么就分手了。她还没来得及品尝爱情的浪漫,就尝到了无尽的痛苦。

"为什么?"玥儿失神地自语。

第5话

"喂玉米吧，我这儿还剩点给你。"玥儿回头，是一张陌生的脸。

玥儿一时有些蒙，那人却说："我们见过的。"

玥儿没有搭话，但并没有想起他是谁。

她向前走了几步，放空了脑袋，开始喂鸽子，身后站着的，是一个陌生人。

第二次，她毕业了，她有些迷茫，胡乱地和白雪说着自己的种种感想。

毕业了，我自由了，可是我不知道该往哪飞了。

毕业了，青春散场，这么猝不及防。

毕业了，同学们都有了自己的打算，只剩我了，而我也只有你了。

玥儿坐在石阶上，低着头，搂着自己的肩膀。

第三次，玥儿要带走白雪，她正在与鸽子场管理人员办理手续。白雪在不远处玩耍，可一转身的工夫，她发现一个人，他提着血淋淋的鸽子站在原地。

是他。她第一次以为他是何帆。因为他穿着她熟悉的白衬衫。但她仍不知道他的名字，可眼前的一幕让玥儿愤怒到了极点。歇斯底里地夺回了白雪，赶往了宠物医院。

毕业典礼上，有人唱了一首《最初的梦想》，那是她喜欢的歌，却是个男生唱的。她抬头，略有惊讶，是那个广场上的她认错的那个人，是那个伤害了白雪的人。不过，那也是玥儿第一次知道他的名字，江海。

不过，毕业了，所有快乐的痛苦的都终结了，一想到后会无期，也没什么好介怀的了。

时间的洪流之下,没有人可以拒绝成长,毕业后经过摸爬滚打,27岁的玥儿终于在这座城市站稳了脚跟。现在算得上是都市白领。

这几年,白雪已经被训练成一只优秀的飞鸽,她知道鸽子拥有强大的"归巢"能力,白雪能在很远的地方,识别出自己常居的巢穴,然后千里跋涉归巢。玥儿看到白雪现在健康地成长,心里感到一丝的欣慰。

几年前,玥儿毕业后刚刚来到一家大公司,招聘会上她以优异的成绩和出色的表现被录用。她兴致勃勃,斗志满满地工作。这几年工作在小坎坷中前进,也算不错。可她万万没想到,空降来的领导是个熟悉的陌生人,江海。同事们传言江海年纪不大,但是管理上十分严苛。

不管怎么样,生活都在继续,管他什么妖魔鬼怪美女画皮,只要好好做自己。几年的摸爬滚打,玥儿已经有了一颗强韧的心。

江海和玥儿在工作中有了交集,但玥儿对他却是敬而远之。

玥儿凭着自己的能力拿下了公司最大的客户,领导的助理周周更加欣赏她。年底,周周把这一项重要的任务交给玥儿全权负责,忙了几个夜晚,玥儿终于赶出了年会策划。

早上,她匆匆收拾后就下楼了,直奔公司,临走前,玥儿打开窗户通风,白雪住在窗户边的鸽子笼里,玥儿看了一眼白雪,她打开鸽笼递入一碗水,白雪不屑地看了看。此时,玥儿的电话响起,她关上门匆匆下楼了。

周周看了玥儿的策划书很满意,江海却严厉地提出了策划中的

不足，要求玥儿按他的建议重新制作一份。

江海看了看表，现在是 8 点半，他转头对玥儿说："争取在上午 10 点之前完成。"玥儿努力在脸上挤出了笑容，心中却充满了愤怒，这个挑剔的人，必然是在找她的麻烦。

玥儿趴在办公桌前，愁眉苦脸，一杯奶茶出现在她面前，原来是同事送来的，有了她最爱的奶茶的鼓励，玥儿灵感喷发，开启了头脑风暴。

另一边，家中的白雪挣扎出了鸽笼，它在地板上蹦来蹦去，玥儿的房子在三楼，二楼住着的大妈为了防盗，安装了一排铁栅栏，铁栅栏上面盖着牛毛毡，牛毛毡上晒着些玉米粒，白雪看到这些，向窗外飞了出去，它停在了玉米粒前准备偷吃，两只眼睛滴溜溜地转个不停，脑袋来回摇摆，应该是做贼心虚。

它的肚子咕噜、咕噜地叫个不停，管不了那么多了，白雪开始狼吞虎咽，吃得津津有味。

大妈发现之后，拿着鸡毛掸子走来，白雪脑子一转，扑闪着翅膀迅速飞去，在天空中划出了一道狼狈却不失优美的弧线。

玥儿不负使命，几次修改后，最终完成了策划。江海看了看策划又看了看表，对呆呆站在地上的玥儿说："通知一下，10 点半准时开这一年的总结大会。"

总结大会开始之前，玥儿和打扫卫生的田阿姨通了电话，嘱咐田阿姨一会儿抽空去打扫，趁她中午不在家，希望田阿姨帮忙照看一下白雪，通话结束后，她调成了静音。

二楼大妈在阳台上看着远去的白雪，她把玉米粒收回了栅栏里

面，提着鸡毛掸子走了。

20分钟后，白雪又飞了回来，它摇头晃脑，东张西望，发现没有危险之后继续偷吃玉米粒，白雪慌慌张张地把头伸进栅栏里，大口大口开吃，窗口边上的差不多全部消灭了，它还想吃里边的，白雪小心翼翼，稍有声响它就准备跑。

大妈又来了，这次白雪还没来得及逃脱就被逮住了，由于栅栏卡住了它的身体，大妈大声呵斥着。田阿姨来到玥儿家，正好看到这一幕。

田阿姨将白雪抱回了家，她发现它的腿受伤了，田阿姨知道白雪对玥儿很重要，急忙给她打电话，却始终无人接听，田阿姨也没有养过鸽子，她不懂怎么包扎，只好慌慌忙忙跑去玥儿公司。

按照玥儿的策划，在总结大会结束之后，下午是同事们的年会表演，公司里不缺少多才多艺之人。玥儿负责订酒店，晚上大家直接去聚餐，菜单上的菜谱都是同事们的爱好。

田阿姨抱着白雪来到公司时，江海迎面走来，田阿姨第一眼看见便拽着他帮忙找人，江海得知玥儿去订酒店了，正好不在公司。了解了情况，便带着白雪去了宠物医院。

年会过后，就到了放假时间，楼下的便利店也快要关门了，玥儿路过时买了几包玉米粒，当作白雪冬天的储粮，其中一袋是向楼下大妈赔礼道歉用的。玥儿抱着从宠物医院里取回来的受伤的白雪，回到家后，将一些玉米粒撒在它的鸽子窝里，白雪一瘸一拐朝着鸽子窝走去，安心地饱餐了一顿。

玥儿趁白雪吃得津津有味，关上鸽子窝的门，"啪"的一声，门掉落在地，原来门已经坏了好几天了，玥儿真是忙晕了头。

"今晚就这样了。"玥儿太困了，洗了个澡便早早睡下了。

"下班后，一起去鸽子广场怎么样？"江海看似不经意地向玥儿发出了邀请。

"不了，我家里的白雪需要照顾。"

"哦，就是你那年领养的那只？"

"嗯。"

"那我就去看看它吧。当年几个小朋友弄伤了你的鸽子，我把几个孩子赶走了，看你当时恶狠狠的眼神一定是以为我弄伤了你的鸽子吧？"

玥儿瞪圆了眼睛，愣了一下。

"看你吃惊的样子和鸽子还真是挺像的，快走吧，别愣在这里。"

玥儿家的装修风格江海还是比较欣赏的，玥儿给江海递茶水，休息了一阵后，玥儿拿起新买的鸽子窝要组装，江海过去帮忙。

"你拿着这个。"江海说，玥儿点了点头。

"你扶着这里。"玥儿按照江海手指着的地方照做。

玥儿明白自己以前是误会江海了，再看他的时候，没了平时的盛气凌人，似乎可爱了不少。

临走的时候，江海忽然问玥儿："过几天上班，你做我助理吧？周周请了一个月的假。"

他目不转睛看着玥儿，玥儿没有反应，"不说话就是默认了。"江海说完，转身开门走了。

这一个月里,玥儿很勤奋,江海虽然脑子灵光,但有时候会有点粗心,细心的玥儿担任助理正好免去了一些不必要的麻烦。可是玥儿每天忙得不可开交,回到家里经常倒头就睡。疲惫的玥儿常常对白雪说:"周周快点回来吧,我要好好休息,重回我和小白雪的二人世界。"

一个月时间转眼就过去了。周周回来后,玥儿又回到了原来的岗位,由周周继续担任助理。

对玥儿来说,一切仿佛回到了最初,但是她总觉得心里像少了些什么。夜晚,没有江海在微信上布置工作,似乎更加寂静。

周末,江海又去了鸽子广场,广场上人烟稀少。

"玥儿,你终于来了。"

玥儿转身,是江海,"你怎么会来?"

"我一直都在你身后。"

"原来你很早就到这儿啦?"

"不,我说这些年我一直都在你的身后,远远地看着你。从第一次在鸽子广场见到了你,我就常常来到这里等你……"

一群鸽子飞过来,玥儿听到一声清脆的哨声,白雪竟然挣脱出她的手心,飞入那行列中,归了队。鸽子们在空中盘旋,玥儿的心底,流淌过一股暖流。

她忽然发现,青春里并没有遗憾,她曾许多次和江海一起在鸽子广场喂食白鸽,有一个人,以静默的方式,守着她的青春岁月。

第 5 话

你是我的初心

"你真的决定了？把欢欢送给我？"

董然有点受宠若惊。

她已经在这家模特公司上班三年多了，三年以来，她接到的工作有限，无非是些普通的杂志平面，或者街头广告，她接到的最好的一次工作是在一个广告内作为背景路人，而那也是仅有的一次。

这个社会给娱乐行业蒙上了一层十分漂亮的包装纸，在很多人看来，只要你身在娱乐圈内，那么必定不可能缺钱花，不论如何惨淡都比平常上班族赚得多。但事实是，对于董然这样居于一百八十线的小模特来说，别说平均收入还比不过大公司的上班族，作为必须每天把自己打扮得光鲜亮丽的模特，她的花销还比那些坐办公室的白领们多得多。

但身在同一家公司的靳欣就不一样。

靳欣可说是公司的王牌，她人长得漂亮，嘴又甜，手里的资源大把大把，几乎每天都有各种通告找上她，比起董然，她才是那种从来不缺钱花的明星种子。

靳欣有一只小狗名叫欢欢，欢欢也同她的主人一样讨人喜欢。

董然虽然不大喜欢靳欣的处世之道，但对她的欢欢却喜爱到不行。每次靳欣出去拍杂志或是拍影视广告，都会把欢欢交给董然照顾。

大概是靳欣很清楚董然必定会对欢欢好吧。

董然有时候会痛恨自己的性格，总是被人一眼看穿，总是没有任何威胁感。当然，这样能为她带来好人缘，能让所有人都对她报以信任，但这也同样意味着她没有鲜明的个性，意味着别人很难记住她。

在娱乐圈内，不被人记住基本就是被判了职业生涯的死刑。

但是不论如何，每一次当靳欣把欢欢交给她照顾时，她总是无比开心，那是从内往外的开心。

她喜欢与欢欢一起相处的每一寸时光，那能让她暂时忘却人生的不易和事业的艰难，有时候她甚至不争气地想，不如干脆给靳欣打工当她的狗保姆算了，至少比起为杂志拍照，她更喜欢照顾这只可爱的小狗。

所以，当靳欣对董然说要把欢欢送给她时，董然实在是受宠若惊。

"决定了。"靳欣说得斩钉截铁，她把欢欢朝董然的怀中一推，董然立刻把欢欢接过来，那一瞬间，董然从欢欢的脸上看到了伤心失落的神情。

"你知道我跟宋先生……"靳欣欲言又止，接着她说，"宋先生说他对狗过敏，我知道那只是借口，他就是不喜欢欢欢而已。"

董然点点头。

她想问靳欣，一个男人，如果连一个女人的狗都不能接受，那又怎么能算是爱这个女人呢？

但她绝不是那种会与人针锋相对的人。而且她跟靳欣的关系也还没有到可以说这种话的层面。

"总之,欢欢送你了,别给我养死就行。"靳欣这么说着,神情漠然到连董然都觉得那刻意到过分了。

她知道靳欣并不是那种绝情的人,但也许在这种时候,只有摆出绝情的姿态来,才不会显得太难看。

靳欣离开了,留董然独自抱着欢欢在房间内。她摸了摸欢欢的头,她能感受到怀内这只小狗的无助和伤感。

"你还有我呢,"董然对欢欢说,"放心吧,你以后会好好的,我们都会好好的。"她把欢欢又朝怀内紧了紧。

董然并不只是说说而已。

从她意识到自己已经成为欢欢真正主人的那一刻开始,她便打起了精神,希望能为欢欢带来丰富多彩的生活。每天当工作结束,或者干脆没有接到工作时,董然便会带着欢欢去公园玩,有时候还会去游乐场。

很显然,从前靳欣并没有那么多时间带欢欢出去玩,她有太多的工作需要做,有太多的机会需要争取,在与靳欣在一起的那两年里,不知道欢欢受了多少孤单和冷落。

董然决定代替靳欣把那些全部弥补回来。

她带着欢欢出去爬山,带它去湖边玩,还给它买了许多漂亮的衣服和发饰,简直把欢欢当作了一个小公主。她还为欢欢拍了许多视频和照片,每一段视频,每一张照片,都充满了董然对欢欢的无限爱意。

孤独有你

她干脆为欢欢建了一个微博,并在微博上记录下了他们生活中的点点滴滴。

日子过得平淡而温馨。

董然仍然只能接到很少的工作,她手里的资源仍然只有那么一点点,她既没有放肆大胆的决心,也没有笼络人心的手腕,她几乎没有任何扩展事业的渠道,甚至连公司经理人对她的态度都是不温不火。

但她已经不那么在乎这些了,因为她有了欢欢。

她拿着这些微薄的薪水,过着这样重复但是多出许多情趣的日子,她以为这就会是她生活的常态了。

直到有一天,她的生活忽然发生了翻天覆地的变化。

那天早晨她一觉醒来,习惯性地拿起手机,赫然看到手机上忽然多出了几百条微博消息提醒,而就在她看手机的这几秒钟里,新的消息提醒仍然疯狂地往出蹦。

这是怎么了?

她丈二和尚摸不着头脑,她点开了手机,发现这些消息提醒都是来自她两个月前发的一条微博的转发和评论。

这条微博是个小视频,内容是欢欢在湖边被一只蝴蝶逗得满地打滚。

这是一段董然经常会拿起来回顾的视频,里面的欢欢可爱极了,就像是个小天使。

很显然,不知道是谁发现了她的这条微博,并转发了出去,而微博转发就好像蝴蝶效应般,一传十,十传百,她的这条微博迅速成了热门。

第 5 话

　　董然有点开心，不管怎么说，她很高兴欢欢能被这样多的人看到，她的欢欢那么可爱，她希望全世界都能知道欢欢有多可爱。

　　她翻看着那些转发和评论，有些没什么内容，只是一串"哈哈哈"，有些用许多惊叹号和表情表示对欢欢的喜爱，她看着这些仍在不停蹦出的新消息，心里乐开了花。

　　"欢欢快过来！"她喊向卧室门外，隔壁的欢欢立刻跑过来跳到她的床上。

　　"快看！"她朝欢欢晃了晃手机，兴奋地说，"你红了宝贝儿！你变成了大红人！"

　　欢欢显然并不明白究竟发生了什么，但既然董然那么开心，就必然是一件很值得欢乐的事情，因此欢欢也在董然的床上欢乐地跳跃起来。

　　日子的节奏渐渐变得不同了。

　　董然的微博粉丝在飞速上涨，从一开始的几十变成几百，并很快蹿到几千上万，不到几天的时间，她的微博已经有了十几万的粉丝。

　　她并没有留意到忽然间的蹿红对自己造成的影响，她只知道自己感受到了前所未有的关注度，哪怕这些关注都是被欢欢带来的，但仍然给予了她巨大的成就感。

　　很快，有广告商和媒体主动找到她，希望能利用她的微博平台宣传产品，还有专业的经理人联系她，想把她的微博打造成一个专业的自媒体。对此，她应接不暇。

过去那个不起眼的小模特不复存在了，董然摇身一变，成为了备受瞩目的宠物博主。她忽然间明白了，原来这才是她应该走的道路，她自己无法吸引观众，但她的欢欢可以，她没办法为自己争取来足够的资源，但欢欢可以。

这感觉实在是棒极了。

于是，飞速上涨的不再仅仅是微博粉丝，更有她的薪水。欢欢为她带来了点击率和关注度，而点击率越高，她对广告商开出的价码也就越高，她的钱包也就越鼓了。

这是有生以来的第一次，董然体会到了出名的快感。

她开始更加频繁带欢欢出去玩，为了博取眼球，她得拍些更加可爱更加有趣的照片，她必须不断出新才能保持热度不减。

但并不是每一次拍摄都能为她带来想要的效果，类似上一次欢欢与蝴蝶嬉闹的视频她再也没拍到过，如果她不能继续保持关注度，她此时得到的一切都会很快消失。

她不能让这些消失，她好不容易才得到，怎能轻易放手？

于是她向一些跟她关系不错的宠物博主请教，终于领略到了一些窍门。

事实是，你不可能永远靠抓拍来找到那些可爱的瞬间，如果想要成为一个成熟的商业博主，就必须得学会自己编写剧本。

董然开始带着欢欢到处摆拍，她得拍出欢欢惊慌的一面，或者拍出它无助孤单的一面，这样才能获得更多的同情。但欢欢并不懂得摆拍，它没有人类的那些复杂想法，董然为了达到效果，得做出必要的刺激。

沉浸在光环中的她并没有意识到，随着日子的向前推移，欢欢已经变得愈加疲惫和落寞了。

四

"他不要我了。"当靳欣再度找上董然时,这是她说的第一句话。

这完全在预料之中,董然心想。

"所以我可以把欢欢接回来了。"靳欣说得轻描淡写,就如同当初把欢欢送给董然时一样的云淡风轻。

"你说什么?"董然怀疑自己听错了,"但你已经把欢欢送给我了啊!"

"说是那么说,但现在我决定把它接回来,有什么不对吗?"

"问题在于现在欢欢是我的!而我不打算把它送给你。"董然态度强硬,这一番出名经历不仅仅为她带来了丰厚的收入,也给她带来了更多的底气。

"是吗?"靳欣歪着头看董然,"你有合法的收养手续吗?"

董然愣住了。

"当初我把欢欢交到你手里时,我们有签订过什么合同吗?"

董然无话可说。

"但我有,"靳欣说,"欢欢的一切领养手续我都有,我才是它的合法主人。"

董然彻底蒙住了。

"但是……但是它跟我在一起远远比跟你在一起时快乐得多!"

"是吗?"靳欣笑了,"你看起来好像连你自己都相信了。"

董然一惊。

过去的种种片段重新浮现在她眼前,包括最近为欢欢发布的照片和视频,那些是真的欢乐还是被强行受到的刺激,董然明明是看得很清楚的,到底是什么蒙上了她的双眼,让她竟然对欢欢受到的

煎熬视而不见呢?

她从前觉得靳欣是个糟糕的主人,但她自己呢?她根本是有过之而无不及。

她垂下头:"再给我一个月,好吗?我只要一个月,一个月之后,我就把欢欢还给你。"

靳欣没说话,冷冷地走开了。

那天,董然忽然发布了一条置顶长微博,微博题目是《对不起,欢欢》。

她写了很多很多,她在对欢欢表达歉意,并且她告诉了所有的粉丝,最近有哪些照片是摆拍出来的,以及欢欢在拍摄这些照片时有多么不情愿。

当她敲下那些字时,她的眼泪不停地涌出来,几度模糊她的视线。

她为自己感到羞愧,她不敢想象自己竟然变成了一个这样的人,她怎能这样对待她最心爱的欢欢,她怎么有资格再声称自己爱欢欢呢?

那条微博发布出来很快便得到回馈,有很多号称上当受骗的博友在骂她,有些话骂得非常难听,董然每一条都看了,她认为那所有责骂都是她应得的。但还有很多网友对董然表示了理解,并且认为从这条微博就看出来董然对欢欢是真心的喜爱。

董然每一条转发都看了,她把它们牢牢记在脑海里,当作是警钟,决定时时敲打自己。

她删除掉了过去那些摆拍的微博,只留下最初的那些最纯粹真挚的回忆。她知道自己只剩下一个月的时间，这一个月内，她决定把自己全部的爱都送给欢欢，来弥补她之前犯下的过错。自然而然地，她发布的照片不再如从前那样有趣多彩了，但却是饱含爱意的。

一个月很快过去，董然如同等待判决般等待着靳欣来收回欢欢，但她并没有等来靳欣，她等到的只是靳欣发给她的一条消息。

"我懂了，欢欢你可以留着，等有时间我们去办理收养手续。"

这条消息就像是赦免书一样从天而降，董然不争气地哭了出来。她紧紧抱住欢欢，她知道，这是上天给她的第二次机会，而她必将珍惜这次机会，永远保持住这一颗初心。

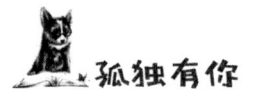孤独有你

亮晶晶组合

"喵呜！喵呜！"街对面的老胡同里，一阵微弱的叫声从耳边传来。

小女孩晶晶扑向妈妈的怀抱，这是妈妈送给她的 7 岁生日礼物，她终于有了自己的伙伴。向来内向的孩子，竟然开心得又蹦又跳，这大概就是孩子的天性吧。

眼前的狸花猫蜷缩在方形盒子中，刚刚离开妈妈的它面对这个陌生的世界有些畏惧，给晶晶留下深刻印象的是它宽大的面颊和绿色的眼睛。

晶晶轻轻触碰它黑黑的鼻头，小猫舔了舔她的手，以示友好，耳朵边柔软的毛摸起来十分舒服，晶晶给它起名叫亮亮。他们一起，就是亮晶晶组合。

晶晶 7 岁的时候上了小学，从入学那天，她开始记录着亮亮的成长。

亮亮与母亲相处了三个月，已经断奶。晶晶放学后的第一件事就是去超市购物，准备亮亮的早餐。

清晨的阳光刚刚洒入四合院，一向懒惰的晶晶变得十分勤快，

她待小猫像待自己的孩子一样。早餐准备得很丰盛，鸡蛋加奶，晚上亮亮嘴馋时再来根火腿，不过最后晶晶听取妈妈的建议，还是买了猫粮。

他们搬家了，从四合院到了高楼大厦，亮亮找到了自己的藏身之处，就是洗衣机后盖，每次进去时总是在里面躲猫猫。

时光一去不复返，日子一晃，晶晶已经四年级了，亮亮强健的四肢，发达的肌肉，尤其是等待她的身影已经深深地留在记忆中。额头处的斑纹是它的专属标志，形状似一个"W"。

什么样的人就养什么样的宠物，晶晶和亮亮还真有点相似，他们都爱睡懒觉，贪吃，尤其在走路时，一前一后，步调一致，高傲地抬着头，永远是那么骄傲。

夜晚划过了星空，打破了本来属于晶晶的平静。

姥爷病情加重的消息让晶晶父母心情低落，全家笼罩在黑暗之中，情急之下，父母决定连夜赶往医院，或许晶晶幼小的心灵还不懂什么是生离死别。

父母拒绝携带亮亮，大人们已经忙得不可开交，小孩子永远也做不了主。最终协商后，晶晶把亮亮放置在一个她认为安全的地方——地下室，她悄悄地锁上了门。

晶晶随父母赶往医院，她与姥姥同住，她仿佛在姥姥家的地下室中看到了亮亮的身影，不过那都是幻想。

晚上，晶晶翻滚着身体，一直睡不着，她不仅担心姥爷的身体也担心第一次离开她的亮亮。

经过一个晚上的抢救，姥爷从鬼门关中回来了，晶晶一家放心地离开。一下车，晶晶直奔地下室，"W"斑纹没有出现，门打开后并没有热烈地欢迎，周围一片沉寂。

躲猫猫游戏，他们最爱玩了，不过这次，晶晶怎么也找不到亮亮了，可能是永远地找不到了，还没来得及说再见。

星期六的整个下午，晶晶连个猫影都没看见，她找来了放大镜，在小学生的脑海中放大镜可是侦探必备品。

翻遍了地下室的所有藏匿地点都没有什么重大发现，她决定换个思路，从外探察。门窗是由两块面积一样的正方形组成的，外面镶嵌着玻璃，不过此时，好像少了一块，露出的是整齐的窗框。

晶晶返回地下室内部，在一个小角落里找到了破碎的玻璃片，她的脑海里一幕幕上演着亮亮的悲剧画面。在放大镜下，她发现了更重要的线索，掉落的墙皮上残留着血迹。

晶晶整个人脑袋放空，不知道发生了什么。夜幕来临，她已经待在地下室周围很长时间了，一楼的阿姨告诉她："晶晶，昨晚我隐隐约约听见玻璃噼里啪啦地响，我以为是下雨了。"

母亲招呼晶晶吃饭，家中少了亮亮，也少了一份快乐，昔日亮亮等待她的场景再次重演，连续一周，晶晶每次放学都会在家门口等它，同样的时间，同样的地点。

四

天有不测风云,姥爷的生命只维持了几天,晶晶来不及说再见,噩耗已经传来了,母亲一夜之间头发花白。

全家人沉浸在悲痛之中,父母认为,在姥爷去世这件大事面前亮亮走丢完全是小事,可是在晶晶脆弱的心灵中,两件事同样让她难过,压得她喘不过气。

时间是最好的疗伤药,5年足够了。晶晶现在已经是初中三年级的学生了,她十分珍惜身边的亲人,朋友。青春不要留下遗憾,晶晶希望毕业季可以好好地说再见。

暑期将至,度过考试岁月后,晶晶要完全地放松一下,吹着空调的她此时缺少一个冰激凌,她匆匆忙忙将钥匙塞入兜中推门而出,迎面一只眼睛中闪着绿光的老猫扑来,晶晶受到惊吓,此猫瘦骨嶙峋,毛发肮脏,浑身瑟瑟发抖,趁晶晶不注意,它从门缝中溜了进去,一直小心翼翼靠着墙壁,依靠墙壁的力量支撑前行,因为它只有三条腿,晶晶流下了眼泪,尤其是当她看到额头上的"W"斑纹。

熟悉的味道,熟悉的环境,熟悉的彼此。

"亮亮。"晶晶高兴地叫着,亮亮甩着它的尾巴,胆怯地卧在地板上,是什么改变了它,眼神充满着恐惧,霸道气一点都没有了,到处都是伤痕,晶晶真的不敢想象亮亮经历了什么。

不管怎样,现在是庆祝的时刻,晶晶朝着楼下冰激凌的方向飞奔而去顺便带几根火腿肠,那是亮亮的最爱。

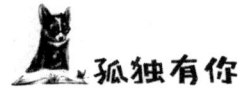

50 秒的时间，可以扼杀一个阳光的生命。

晶晶返回家时，父亲出现了，好消息当然一定要共同分享。

"爸爸，亮亮在哪儿，它回来了。"晶晶迫不及待地问。

"流浪猫，亮亮……"爸爸吞吞吐吐，"听到家里有动静，又不见你的身影，我以为是小偷，无意中踢了它一脚……"

晶晶立刻跑向她的房间，亮亮走了，悲伤地走了，携带着它自己的小房子，从此这个家中再也没有它的身影，也没有任何与它有联系的东西，它怕自己会弄脏这个屋子。

晶晶从此不再养宠物，尤其是猫，因为我们总是来不及说再见。

第 6 话

第 6 话

最好的时光

朝九晚五是都市人的生活规律,也是大时代的韵律。却有人和我们有着截然不同的人生,在匆匆的时代洪流中,演绎悲喜。

马戏团的生活,离普通人很遥远,却是刘刚最真实的生活。马戏团在小镇上,已经开了十几年了,是刘刚的父亲一手创办。

马戏团的动物算不上多,都是马、猴子、狗狗……这种常见的动物。有一大部分的表演靠人支撑,小丑、杂技、变戏法。马戏团在小镇上火了好几年,最火爆的时候站票都要比坐票多。当然,这是属于父辈的荣光。

父亲去世后,刘刚接过了马戏团,成了年轻的团长,虽然从小看着各种马戏表演长大,但是总是看不厌。小时候看父亲演小丑,长大了由他自己演。

他最开心的时光,就是在舞台上扮演小丑,他用傻傻的姿态,去博得观众的欢笑。在他心底,这是一份快乐的工作。

可走下舞台,卸下面具,他仍是要面对人生的无常。只是几年的光景,仿佛发生了翻天覆地的变化,小镇发展得很快,这是好事,但是马戏团却渐渐没落。他明白,这是时代的选择,但他不想接受,也不愿意接受。可现实摆在眼前，还能怎么办？

这天，马戏团的演出结束后，演职人员开了会，最后刘刚想说些什么，但张了张嘴，还是没说出口，他已经不记得这是第几次尝试了，最后还是让人都散了。

朋友都说他是个纠结的人，一点都没说错。他平时生活里的选择困难症，是因为犹豫不决，而这一次他是因为不想让别人失望。也更不想辜负父亲的期望。

现在只剩下刘刚独自坐在台上，环视了一周不大的剧场，他叹了口气。这个刚刚在众人面前，精神抖擞的小胖子，转眼间像泄了气的皮球。

有些事，虽然他不愿意接受，但还是要去面对，他从兜里拿出了口琴，吹起了小时候爸爸常给他吹的那首曲子……

身为团长的刘刚，常常说的口头禅，都是"小事，能解决"，不过，这一次他碰到了解决不了的大事。

他倾注了多年心血的马戏团干不下去了……

解散剧团的话，刘刚最终还是没有说出口。第二天，刘刚消失了。

这一两年马戏团生意越来越不好，尤其是这几个月，已经运转不下去了。这是一个大家心照不宣的秘密，但谁都没有说出口，只是想要以最好的状态维持到最后一刻。但是刘刚突然消失，还是让人泛起了疑惑。

就这么散了，也太仓促了，好歹有个话……老职员们心中说不出的难受。

第6话

两天后，刘刚出现在了离马戏团不远的一个海岛上，他其实并不热衷度假，也根本无心于此，只是想换一个陌生的地方，给自己一点喘息的空间。

这座岛上，也有马戏团，但是却和他所在的小镇有着完全不同的景象。

精彩的表演吸引了不少人，来往的游客都拍手叫好，那样的热闹把他心底映衬得更加孤独。

在小岛上，有一支专业的艺术表演队，他们会带领动物们在街头表演。猴子、狗狗、白马，甚至是大象你都可以在街头看得见，人和动物之间关系也非常融洽。

每种动物都能表演十几种花样，技高绝顶，很受游客喜爱，就连刘刚也深受感染，逐个地开始欣赏起表演。

可眼前的一切让他感到欣喜的同时，也让他回想到了自己的马戏团，在那个小镇里，已经渐渐地没落。曾经那里也是欢声笑语，可如今却像个被城市遗弃的孩子。当地的人们似乎已经厌倦了这种传统的表演，去追寻更多更新奇的娱乐方式。甚至有人开始质疑他们是否善待动物。

刘刚无奈，坐在路边的长椅上，失神地望着热闹的人群，来来往往。视线中，他注意到一个来回穿梭的影子。他定睛一看，才发现是一只瘦小的黄狗。它努力地往人群中挤，也许是想凑凑热闹，又也许是想找点吃的。只是，因为身体脏兮兮的且瘦弱不堪，总是会受到人们有意无意的驱赶，它显然是不受欢迎的。

刘刚找些吃的向它示意，狗狗迟疑了一下，立刻殷勤地跑来。

它就这样站在刘刚的右腿边，津津有味地吃起来。

它吃完了东西，就蹲坐在刘刚身边，像他一样，望着热闹的人群。

热闹是别人的，与自己无关。这是刘刚此时所感，也许，也是这只狗狗的所感。

就那么一瞬，刘刚忽然像被什么触动，他甚至觉得，他们同病相怜。

刘刚给它起了个名字，叫乐乐。

他叫它走，乐乐竟也愿意跟着。也许是在这岛上流浪久了，乐乐习惯了同陌生人交流，所以没有畏惧，也不会抗拒。

在岛上的几天，乐乐就一直跟在刘刚后面，像个小助理，形影不离。

三

逗留了三天后，刘刚带着乐乐回到了马戏团。

老同事们等待着他宣布解散，可刘刚却给了大家一个意外。

刘刚说这几天他在小岛上取经，学到了不少经验和表演。于是，他开始滔滔不绝地向大家传授一些创新的表演节目和想法。

一时间，马戏团还真的热闹了不少，至少每个人心中，又把希望点燃了。不管结果怎么样，还是得拼一把。

可来到小镇上，乐乐并不好过，它开始闹脾气，经常乱吼乱叫，把狗粮送到嘴边也不屑一顾。也许，它习惯了小岛的一切，对完全陌生的环境，还是慌了。

刘刚想了很多办法，还是难以消解乐乐的恐惧，反复折腾了好几天，刘刚也有些疲惫了，他想，实在不行，他就只能把乐乐送回小岛。虽然他很希望给乐乐一个安稳的家。

刘刚无助地坐在一旁,吹起了口琴。父亲还在世的时候,每当他遇到什么难题,父亲就会给他吹口琴。

奇怪的是,乐乐竟然也安静下来,这让失望的刘刚感到欣喜。从那以后,刘刚常常用口琴和乐乐交流,他的曲调也更加欢快。

重新起航的马戏团在一波宣传之后,迎来了第一场表演。虽然观众并没有特别火爆,但还是比平时多了不少。许多观众都是带着孩子,大家都在期待全新的精彩表演。

刘刚,马上就要上台了,他给自己鼓劲加油,顺手摸了摸乐乐。

马戏团的舞台上,刘刚用尽浑身的力气在表演,全体演职人员也毫不懈怠。也许马戏团算不上是什么高深的艺术,但这的确是融在了刘刚的生命里。

所有的努力没有白费,台下的观众看得高兴,大人们目不转睛,连孩子们也都停止了打闹。

刘刚似乎完全进入了角色之中,表演结束后,台下的掌声轰然响起,大家都被深深地感动。

刘刚和他的团员完成了属于自己最好的演出,就这样马戏团延续了半年的生命,但是最终还是要接受时代的选择,刘刚告别了马戏团的生活,也告别了小镇。这一次,他心中不再有遗憾,至少,为了父亲,为了自己,他已经努力过了。

很多改变都在不知不觉间发生,从前爱展望未来的小胖子,最近却不知不觉爱回忆了。那些年在马戏团的故事,是他最爱提起的。

孤独有你

　　离开小镇后,刘刚带着乐乐到了那美丽的小岛,开始了新的生活。

　　乐乐与游客们正玩得起劲,刘刚成了小岛上的一名演职人员,虽然告别了小镇,关闭了父亲留下来的马戏团,但是他仍是会用自己的表演,去为人们带来快乐。

　　他常常会给孩子们讲起过去自己在马戏团的故事,讲述那些年,最艰难而又美好的时光。

第 6 话

是的，"护士小姐"

李兵倒大霉了。

运气真是一种玄妙的东西。一个人可以因为交到好运而瞬间从穷光蛋变成亿万富翁，也可以因为交到厄运从大企业家变得身无分文，但这还不算最突然的。

变成亿万富翁的那位至少还买了张彩票，至少还为了争取这运气而花了两元钱；身无分文的那位也只是因为投资失败，在投资之前他想必就有了会从此破产的心理准备。但突如其来的天降大霉运算是什么呢？

一个人平常的一天，大概就是早晨起床，洗洗漱漱，可能还要去一次厕所，然后出门上班，工作一天，再回到家，吃顿晚饭，上床睡觉，一切都是平平淡淡，既没有如超级英雄电影般的惊心动魄，也没有《后天》般的无助绝望。

李兵以为自己一辈子过的都会是这样的日子，直到那天早上。

早晨，李兵如往常那样，走出家门，为了锻炼身体，他没有坐电梯，而是从楼梯通道走下楼。

孤独有你

他带着愉悦的心情，脚步飞快，当走到一楼，即将下最后一层台阶时，甚至还哼起了自己最心爱的小曲。

就在那一瞬间，不知道他的脑子里是出了什么神，还是眼睛看错了什么，忽然脚下一空。紧接着，天旋地转，就在他还未反应过来发生了什么时，已经躺在了楼下。

李兵的浑身没有一处是不痛的，最糟糕的是他的腿，准确地说是他的右腿，它不能动了。

李兵试着用胳膊把它抬起来，但紧接着是传到全身的一阵钻心的疼，深入骨髓的疼。于是他给自己下了一个最可能的结论：大概是骨折了。

随后，当被救护车送到医院，医生拿着诊断书来找李兵时，肯定了他的判断。

于是李兵从一个勤勤恳恳的上班族变成了残疾伤员。

当然，这残疾只是暂时的，根据医生的判断，这份暂时的时长大概是三个月。

医生给他的小腿打了一个漂亮的石膏，这大概是他在这倒霉的一天里最值得庆幸的事情。

日子很快变得难熬起来。

李兵是一个单身贵族，这意味着他没有什么让人烦恼的女朋友，每天不会有人吵着要他陪她逛街看电影，也不会有人莫名其妙对他发脾气，更不会有人在他打游戏看球时吵着要陪她。

当然，这也同样意味着，当李兵生病时，没有人来关心他，没

第 6 话

有人用她温柔的美好心灵让他的世界变得多彩,没有人让他即使在最低落的日子里仍然感受到来自世界的希望。

这更意味着,当他腿上裹着石膏,当他连下床上床这一基本动作都变得无比艰难时,没有人会伸手扶他一把。

这个事实令李兵感到无比悲伤。他是一个正值壮年的男子汉,当然还没柔弱到需要别人来搀扶的地步,只不过是骨折而已,又不是世界末日。只是当人遭遇打击,总归还是希望能得到些许关怀,哪怕只是一句无关痛痒的嘲讽也好啊。

比如现在,他想要从卧室里走到厨房,准备今天的早餐。

如果不这么做,他就要饿肚子,如果饿肚子,他就会心情不好,如果心情不好,当看到这腿上的石膏,和感受到石膏下隐隐的疼痛感,他就会陷入非常抑郁的情绪。所以不论如何,他必须去完成准备早餐这一动作。

更别说,他还得为小二准备它的狗粮呢。

对,没错,李兵虽然是个单身贵族,但他养了一条可爱的哈士奇。对于李兵腿上多了一块石膏这事,小二表示十分好奇。

小二这狗大概是脑子不大够用,很多人类的痛苦和艰难它理解不了。它需要的只是好吃的肉骨头,和主人每天准时带它出去玩。

可惜李兵没办法每天带它出去玩了。

这个工作李兵得拜托同城的狗友老赵来完成,老赵人不错,他不会亏待小二,"他经常去的那家公园你可能不大喜欢,但是别太挑剔了伙计,没看到你主人的腿已经被打上石膏了吗?"

孤独有你

现在，李兵必须得走下床为他和小二准备早餐，这真是个艰巨的任务。

轮椅要明天才能送到，现在他能依仗的只有放在床边的拐杖。他从来没用过这东西，希望扶着它时，不会因为脚滑而摔倒。

李兵用另一条腿支撑着往床边挪，事实是他的另一条腿上也有些伤，只不过没达到骨折这种程度，但当用力移动时还是会疼。天知道他为什么要受这个，一天前李兵还是个只用半分钟就能从床上跳起来的超级闪电侠呢。

终于，经过一通艰难险阻之后，李兵挪到了床头边，拿起那副拐杖。他撑起拐杖，试着在它的帮忙下移动起来。

这时李兵忽然看到一个不可能在这个时间出现在面前的画面：他的哈士奇——小二竟然来到了他的卧室！

平常这时候它都是在睡懒觉啊！

最神奇的是，小二的嘴里竟然叼着一袋李兵之前放在客厅的没开封的薯片！

小二来到床边，把薯片甩到李兵的床上，然后坐在地上，张大了嘴看着他傻笑。

李兵整个人都震惊了。

这还是小二吗？！这还是那个每天除了吃、散步、睡觉和傻笑就什么都不知道的小二吗？！

李兵又仔细看了看，这就是小二没错，而它，竟然破天荒地为自己送来了早餐！虽然只是一包薯片，但好歹也能为他填饱肚子啊！

第 6 话

　　李兵重新坐回到床上，把拐杖放在一旁。
　　"给我的？"
　　小二点点头，虽然傻里傻气的，但是无比真诚。
　　"你知道我不能动了，所以去把薯片拿来给我吗？"
　　小二继续傻傻地点着头。
　　"过来小二，来抱抱。"
　　小二迅速扑过来，差点把李兵扑倒。它狂野地舔了舔他的手，这一瞬间，仿佛有魔力似的，他的全身都被一阵暖流穿过。
　　小二是只哈士奇，它只是看起来没脑子又淘气，但仔细回想从前的点点滴滴，其实它聪明得很。他实在不该总是以貌取人，哦不，取狗。
　　李兵倒了大霉，莫名其妙就遭遇了一场骨折，医生说他得在家养病三个月，曾经他以为这是人生里最悲惨的日子。
　　但现在他不这么想了。
　　李兵一边抱着小二，一边吃着薯片，开始觉得这样的日子其实还算不错。

　　接下来的日子仍然是艰难的。
　　李兵得习惯使用拐杖，习惯使用轮椅，习惯一切之前需要用双腿来完成而现在只能靠拐杖和轮椅才能完成的事情。但他的心情却没那么糟糕了，因为他有一个非常尽职尽责的"护士小姐"，"她"24小时陪伴在李兵身边。
　　而在这养病的三个月内，除了小二，也时常有亲友来探视。妈妈来看过他几次，她提出要请假照顾他，但被李兵拒绝了。首先，

孤独有你

他觉得自己已经是个成年男人，不应该再被妈妈照顾。其次，妈妈的工作很重要，她不应该为了儿子而耽误她自己的事业。最后，也是最重要的，那就是——妈妈对狗过敏。

所以，虽然遗憾不能得到妈妈的照顾，但李兵并没为此而懊恼什么。在他离开原生家庭，到未来找到属于他的新的家庭期间，这段单身贵族的日子里，他跟小二同样能度过一段非常充实的日子。

骨折的遭遇更是让李兵充分见识到了小二从前不为人知的一面，尤其是小二在照顾人方面的天赋。

李兵在操作轮椅方面还不够熟练，小二会在后面用头顶着推轮椅。虽然几次都让李兵有了过山车的刺激感受，但他还是很感动。

朋友们怕李兵孤单，周末时会来他家跟他一起玩桌游，那时候小二就趴在桌子旁边看着他们出牌。

"你能看懂吗，小二？"李兵笑着问它。

它张着嘴点点头，明明是同一张脸，李兵却丝毫不觉得它有任何的傻气了。

"真可爱！"对面的妹子双眼像是冒出了星星般看着他的小二，"又傻气又可爱！"

"不许说我的小二傻气，"李兵上来了小心眼儿的脾气，立刻制止她，就算她长得很漂亮也不行，"谁都不许说小二傻，它是全世界最聪明的哈士奇！"

"好好，你对你对，顺便提醒，你的牌被我吃了。"

李兵看了一眼桌面，还真是。

人类真狡诈。

四

在小二的"照顾"下,三个月竟然很快就过去。李兵的腿不能算彻底痊愈,但总算可以摘下石膏了。

医生嘱咐他半年内都不能剧烈跳跃,尽量不要奔跑,以及很多他没记住的不能做的事情。

不管怎么说,他可以继续回去上班了。虽然有点舍不把跟小二独自放在家里,但是人生还得继续运转,他不能永远停留在享乐时光里。

这种想法忽然吓到了李兵,他竟然把骨折的三个月看作了享乐的时光!

但这想法并不算错,不是吗?

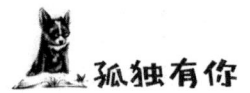 孤独有你

通心术

"我的丹尼只喜欢吃火腿,而且只喜欢吃同一个牌子的,论挑食没人能比得过它。"

"我的齐齐能连续在地上跳 40 下。"

"我的小可最大的绝活就是能在半分钟内把我的整个房间变成车祸现场。"

"都是人才啊,王明你呢?你家大眼看起来也不是一般人物。"

王明眨了眨眼,左看看,右看看,抿了抿嘴,欲言又止。

"好了,"小寒往沙发上一倒,翻了个白眼,"他又要卖关子。"

"有话好好说,王明,别卖关子。"李飞笑着推了王明一把。

王明长长叹了一口气。

他跟这群朋友认识有两年了。大家因为喜欢登山而结识,他们一起参加了很多次登山活动,留下过许多美好的回忆。直到不久前的一次偶然聊天,他们意外发现原来这些人不仅仅在登山方面拥有共同语言,在养宠物方面也同样是我辈中人。

从那开始,他们聚会时的话题不再仅仅是下一次去哪里登山,

或者上次登山活动的有趣经历,更仿佛是一场宠物交流会。比如两个月前的聚会,他们原本是打算商量一场登山计划,话题却不知怎的跑到了哪里的宠物医生最好上面。

不知道该说这是一个悲伤的故事,还是一个喜剧故事。

那么好的,这次聚会,他们的话题又变成了"我家的宝贝有什么特长"。

王明家有一条牧羊犬,非常精神漂亮,背上的毛皮是棕黑色,胸前和腿上的毛皮是金黄色,最漂亮的还要数那一双神采奕奕的大眼睛,仿佛能看透世间万物一般。

所以王明给它取名为"大眼"。

为此,他的朋友不知嘲笑过他多少次,这么漂亮的一条大狗,偏偏被取了这么一个傻里傻气的名字。

可王明并不觉得傻气,本来嘛,大眼的眼睛就是很大,当你提起大眼,首先就能想到那一双摄人心魄的眼睛,多么令人印象深刻。

其他人并没有说错,大眼绝不是什么一般人物,他王明养的怎么会是凡夫俗狗?

"是你们非要我说的。"王明说着,仿佛有多么不情愿泄露大眼的秘密。

"别磨蹭!"

"那好吧……"王明把上身朝前倾了倾,一脸的认真,引得其他人也好奇地安静下来,"我的大眼跟我有通心术!"

当其他人弄清楚了王明在说什么后,都先后扑哧地笑出声来,仿佛在听一个十分好笑的笑话。

"幽默感不错，伙计。"李飞拿起果汁喝了一口，那表情就像是在嘲笑刚刚认真听王明讲话的自己。

王明撇撇嘴，"就知道你们不信，不过没关系，"他直起身，靠在椅背上，"周末都来我家，让你们见识见识我跟大眼的魔术表演。"

三天后的周末，王明的朋友们没有一个失约，全都早早敲开了他家的大门。当然，他们并不是真的为了见识通心术表演，更多的只是为了珍惜一次在朋友家中聚会的机会。

王明是个非常有趣的人，当朋友们聚在一起的时候，他很容易就能成为圈子的中心。他在家中备好了他亲自烤的点心，每一个朋友到来，他都热情招待对方坐在沙发里吃点心，并一起聊那些天南海北的话题。

不过，比起那些聊天话题，朋友们显然对王明的大眼更感兴趣。

作为一条牧羊犬，大眼显得过于聪明了，它的双眼灵动漂亮，仿佛在那双闪烁的眸子背后有一个完整曼妙的世界。当看到它的双眼，人们总会忍不住去探究，拥有这双眼睛的生灵得是怎样一个纯净壮丽的灵魂？

当全部朋友都到齐，王明终于决定开始施展他的本事了。

他让大眼去厨房那边待命，然后神神秘秘地跟朋友们说："你们可以说一件我家里有的东西，什么都行。"

朋友们面面相觑，原本他们谁都没把那个关于通心术的谈话当真，没想到王明却较起真来。

小寒眨了眨眼："那就……手机？"

第6话

　　王明得意地朝她笑笑，对着厨房喊了一声："大眼！"

　　只见大眼从厨房中跑出来，直接奔向王明的卧室，片刻过后又从卧室内跑出来，嘴里叼着王明的手机。

　　"这神了！"李飞不由得发出惊呼。

　　"我不信这个！"另一位朋友于江立刻说，"再来一次！"

　　王明又让大眼回到厨房。

　　接着于江说："饭勺！"

　　王明又对着厨房喊了一声："大眼！"

　　于是就在众目睽睽之下，大眼竟然真的叼着饭勺跑了过来。

　　"神了神了！我今天是见了鬼了！"李飞笑着惊叹。

　　"别乱说，"王明在李飞头上打了一拳，"不许说我们大眼是鬼。"

　　大家的兴奋全部被调动起来，纷纷试了别的东西，竟然每一次都准确无误。

　　一直到吃过午饭，朋友们纷纷离开时，他们仍然带着满肚子的不可思议。

　　这事没有任何科学上的解释，在这一个平常的周末上午，他们见证了什么是真正的魔术大师。

　　在这之前，没人相信这一点，但当亲眼目睹这一切之后，他们真的相信了，原来世界上的的确确有通心术，而这就发生在王明家的屋檐之下。

　　当然，这件事给人的冲击太大，它直接改变了人们对唯物论的认知，因此尽管亲眼所见，大家仍然认为王明说不定是耍了什么手段，直到半个月后，一件发生在王明身上的事情终于让所有人都对此深信不疑。

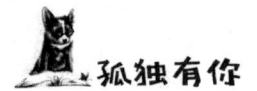 孤独有你

半个月后,是他们小小的登山俱乐部计划许久的活动。

说是登山俱乐部,其实只是几个合得来的爱好者的小聚会。他们计划了好久才找到这个所有人都有空闲,而天气又很不错的时间。由于他们都喜欢养宠物,所以这次登山他们更是带上了各自的宝贝,共同来感受大自然的曼妙。

起初一切都是美好的。

天气正是初秋,告别了夏日的燥热,又并不需要加穿外套,大家穿着运动T恤,带着各自的猫猫狗狗们,一起来到山下。

这只是个小山,但由于他们从来没来过这边,都有一点蠢蠢欲动的兴奋感。王明跟大眼更是首当其冲奔了上去,像一个探险家那样走进了一个神秘的世界,其他人也不甘示弱跟随其后。

这山上的树木很多,越是往里深入便越看不清前面的道路。当他们走了半个小时之后,便已经看不到来时的路了。

"还好手机上有GPS,"小寒不禁感叹,"否则说不定我们要迷路在这里。"

"有时候GPS也不是万能的,"于江说,"比如在这种山里,你会发现GPS指的道路根本行不通。"

他的话音落下后,所有人都把目光朝向他,气氛变得有些紧张。

于江咽下了一口唾沫,"看,看我干吗……我只是说说,我们不会迷路的。"

"但愿。"

尽管每个人的心中都有些忐忑，但他们还是无法阻止继续深入的热情。天色渐渐暗了下来，人们的热情也终于在悄悄下降了。

"天气预报没说过有雨。"小寒抱怨说。

"我能说什么？天气预报经常不准。"李飞无奈地说。

王明神色严肃起来，他停下脚步，看着大家说："算了，回家吧。"

众人没说话，但他们的神色已经显示出同意。

然而还未等他们回转路程，大大的雨点已经从天而降，不到半分钟的时间，原本晴朗明快的大好天气，已经变成又黑又冷的大雨天了。

"快走快走！"

大家谁都顾不上谁，纷纷带着各自的宠物背转方向往来时的路跑。大雨冲刷着天地，他们几乎睁不开眼睛，只能透过微微睁开的眼缝来辨认方向。

雨冲刷在树枝上、树叶上，冲刷着地面，道路变得泥泞不堪，他们必须迅速逃离。这原本的一次享受之旅变得无比狼狈，他们甚至没有精力去抱怨，唯一的想法只有尽快回到山脚下，回到各自的车内。

也不知道跑了多久，渐渐地，天开始放晴，而雨，也渐渐变小，他们也渐渐远离了山上的树林，回到了现代的工业世界。

"这雨简直是为我们量身打造的！"李飞无奈地说。

"算了，"于江说，"好歹也算一次不寻常的经历……等一下，"他环视四周，"王明呢？"

其他人也左右看了看，并没看到王明的踪影。

孤独有你

这时候的雨已经彻底停了,但他们的心却比刚刚更加寒冷。

王明不见了,是没跟上他们,还是迷路失踪了?

这时候他们听到一声熟悉的狗叫声,大家低下头,看到了大眼。

"大眼!太好了你在这儿!"李飞蹲下身拍拍大眼的头,"但是……王明呢?"

大眼望着大家,那双眼睛闪烁着,仿佛想要告诉他们什么,接着,它用嘴咬住了李飞的裤腿,把他往山上的方向拽。

"我知道,我知道大眼,王明肯定还在山上,可我们不知道他在哪儿,我们只能在这儿等他回来。"

但是大眼没有听他说什么,只是不停拽他。

"我觉得它是知道些什么,"小寒说,"还记得吗?他跟王明之间有通心术。"

"你真相信通心术这种东西?"于江问。

"我也不知道该不该相信,但我认为值得一试。"

"不管怎么说!"李飞朝他们喊起来,"都跟我们大眼到山上去!我的腿都快被拽掉了!"

众人没有再犹豫,他们顾不上早已湿透的衣服,重新跟着大眼回到山上。

在山上,他们转了两个弯,走过了一条很难被发现的小路,最终,在一个山坡顶上,他们惊讶地看到山坡下面躺着一个人,那人一动不动,远远看去应该就是王明无误。

他们迅速跑到山坡下面,发现王明尚有呼吸。于江没多想,立刻把王明背在身上,在其他人的帮忙下,带着王明爬上山坡,最后离开这座小山。

他们一路开车,率先把王明送去医院。经过诊断,王明的头大概是因为磕到石头而发生轻微脑震荡,还好抢救及时,并未发生大碍。

抢救过程中,朋友们跟大眼都等候在抢救室的门外,而到了晚上,当王明从昏迷中苏醒过来,他率先看到的,是守在他床边的,双眼灵动闪烁的他的牧羊犬朋友。

"我从来不相信违反科学的东西。"

几周后的又一次聚会,气氛并不如往常那般热烈,经历了生死关头的朋友们之间总是比其他人更多一份深刻和沉静,在不知怎么开始话题时,于江率先开了口:"但是现在我不得不信了,通心术是存在的,可能只存在于特定的人身上,但确实是存在的。"

但这时王明却摇着头笑笑:"可惜你又错了。"

所有人都把目光投向了王明。

"通心术这种东西是不存在的。"王明继续说,"之前我是逗你们玩的。"

"可是那天你亲自给我们表演过!"小寒反驳。

王明长长舒了一口气,他隔着咖啡店的落地玻璃窗望向街道,入秋的季节里,天地总是带着一种诗意的味道。

"那些演示,那些关于通心术的魔术,"王明缓缓说,"只不过是我跟大眼多年生活下来积攒的默契罢了。"

"可是上次大眼救了你的命。"李飞说。

"你可以把那当作是巧合。"王明说,然后端起杯子喝了一口咖啡。

这世上到底有没有通心术呢？唯物论者自然是不相信的，唯心论者也不敢妄下断言。但不论如何，王明只知道，大眼是他生命中最重要的存在，也是最让他安心的朋友。

这就足够了。

第6话

孤独遥望

　　我们总是因为无法战胜自己的懦弱,所以只能孤独而无力地遥望着另一种生活。

　　周强小时候很听话,甚至是懦弱,他怕老师,怕父母,怕学生干部……任何时候无论是否做错什么,他总是要低头沉默,没有人知道他心底真正在想什么。

　　上了大学后的周强,依然沉默寡言,却默默地成为了同学中最有个性的一个,总能会做出让人大跌眼镜的事儿。

　　大学学的是数学,考研的时候偏偏要考历史。第一年没考上,父母劝他去上班,考了两年终于考上了,还没毕业又开始自己创业,他第一次追寻着被父母称为不切实际的梦想。

　　可创业哪有那么容易,很快学费花光了,失落的他蜷缩在路边的长椅上,又沉默了两天两夜。直到他闻到一股诱人的香味,才清醒过来。他顺着诱人的香味,找到了包子铺。老板给了他两个包子,也给了他一份工作。

　　小城里的父母伤透了心,从小听话的孩子,长大竟然如此叛逆,让他们尽失颜面。

孤独有你

半年后的他，开始自己去路边卖包子。每天早上，在刺骨的寒风里，他体会着世间最真实的冷暖。晚上去做代驾，感受这世界的灯红酒绿。

这天，凌晨5点，发生了一段小插曲，周强一如既往地在街区摆摊，一个年轻的女孩，开着车从丰盛大厦随风而来，她下车后匆匆买了包子，转头对周强笑了笑："大哥，包子味道不错。""唉，等等。"周强慌忙地招手，少女已经走远了。

桌上，放置着一袋未开封的鸟食。

"大哥，快走。"

周强转头一看，后面的城管已经追来，当周强推着小车在巷内四处逃窜时，感觉一只鸟围绕他飞来飞去，周强四处乱抓了几下，想要赶走它。无意之中仿佛钩到了它的脚，但来不及多想，一直向前跑。

此时距离城管很远了，他停下脚步休息。

"喔喔，喔喔！"周强隐隐约约听到了响声，仔细一看，一只体长15厘米的鹦鹉正在啄着鸟食的袋子。周强仔细看着它，整体为黄绿色，头部后方、颈部两侧、背部上方为浅棕色，整个上体密布着黄色和黑色相间的细条纹，尾部的羽毛呈现绿蓝色。

他给鹦鹉起了个名字叫小哥。小哥的脚被划伤了，整个身体跌跌撞撞的，周强见状感到很愧疚，他贴心地帮小哥包扎，还细心地喂它水喝。

周强看了看小哥，它的眼睛目不转睛盯着鸟食袋，眼神中充满了饥饿。路上摔坏的包子让他一早赚的钱全赔了，其实他根本没有能力去养小哥。看了看眼前的鸟食袋，口袋已经被咬得乱七八糟，但还是密封着。小哥饿得嗷嗷直叫，周强心想：先解燃眉之急吧！

小哥暴吃一顿，周强目睹后立刻阻止了它的进食。

夜晚，周强穿过曲曲折折的小路，带着小哥来到了自己的居住地，这里是贫民住宅区，但已经是周强能负担得起的最贵的房子了。经过岁月的洗礼，门上落下深重的痕迹，月光照亮了那光滑的铜环，院里杂草野花还开放着，墙上生长着爬藤植物。周强走入房间内，里面只有必须的生活用品，除了一张宽大的床外，就是破烂不堪的电视机和几张桌子椅子，真是简陋极了。

周强还是单身，房间里多了小哥，不会太寂寞了。小哥很聪明，周强教它学了几句问候语。

第二天清晨，周强早早地摆摊，同一地点，但时间不同了，比以往更早。每当路人走来时，"你好，你好。"小哥开始向大家问好，心情好时还会哼哼几句，路过的行人都闻讯而来，免不了多买几个包子看看热闹。

又是奥迪车，周强略显紧张，他好像预感到要发生什么事了，少女张口就问："人哥，昨天落你这儿的鸟食呢？我抽空讨来取了。"

"不好意思，姑娘，那鸟食被这鹦鹉小哥吃了，我赔给你，多少钱？"

"大哥，那鸟食是进口的，这里买不到，我的鹦鹉 Andy 要吃，你看，它就在车上。"

眼前这只鹦鹉与小哥长相类似，它们是同类，都是虎皮鹦鹉。

周强掏了掏兜里，抓出一些皱巴巴的零钱票，看着有 100 多。但是给了少女，就没法生活了。他只得困窘地低下头，"给我一周时间，下个星期一，我一定会还你的，留个电话吧！"周强勉强一笑。

少女递过一张名片，周强拿到名片，急忙拨过去，告诉她这是自己的电话。

少女没有理会，只是不开心地走了，心想：还有人穷成这样，真是苦了这只鹦鹉。

周强答应还钱，为了这个承诺，他起早贪黑，更努力了。

这只鹦鹉像是他的福星，它努力地学习周强教它的语言，招来了不少顾客，让周强的生意比从前红火。

一周后，姑娘并没有来。

周强看着李莉这个名字，他着急地在名片上扫视着地址，心里想着一定要还钱，因为他不想欠这个人情。周强带着小哥进入丰盛大厦，努力打听李莉这个名字，等来的却是管理员的拒绝，他们不提供住户信息。

周强终于拨通了李莉的电话，"你好，我，我是那个……"

还没等周强把话说完，电话那头却传来了一阵哭声，周强一下子慌了，忙问她在哪儿。

周强在医院找到了李莉，她虚弱地躺在病床上。他们之间那样陌生，像是来自两个世界。她却自顾自地和他说了许多，慢慢睡去。

周强没忍心离开，一直照顾着这个只见过两次面的女孩。他等到有人来照顾她，再离开，可一直也没有人来。

周强最后一直到李莉退烧，才离开。等他第二天卖完包子再来的时候，李莉已经离开了。

周强依旧站在他卖包子的岗位上，一周后，李莉又和平时一样来买包子。

他递给她两个包子，又找给她零钱。

简单的几个动作，是他们全部的交集。

第 6 话

人与人的相遇的确是靠缘分的,就像周强遇见了李莉。

人与人之间的缘分也是讲深浅的,就像周强和李莉之间的关系。

周强低下头,沉默着,他第一次觉得有些尴尬,随手逗了逗小哥。那一头,却听见李莉车里的 Andy 叫了一声。刚刚还很欢快的小哥,低下了头。这是小哥模仿周强最深入骨髓的一个动作。

"给你。"李莉递给周强一包东西。

周强刚想张嘴问,李莉说:"送你的,进口鸟食,这个营养均衡,适合鹦鹉。"

就这样,李莉还是经常会在周强这儿买包子,偶尔会给他带一些鸟食。

生活恢复以往的平静,和酸甜苦辣,但周强低头沉默间,却多了一份期待。期待和李莉的短暂相遇,仿佛成了他生活中固有的节奏。他从早上开始忙活,精神抖擞,直到李莉到来。可李莉走后,他又低头沉默。

他想靠近她,却又不知道怎样开始靠近她。

"我明天出差,帮我照顾 Andy 一段时间好吗?"

"哦,好。"

李莉带来了许多鸟食,够 Andy 与小哥吃很久了。

鹦鹉 Andy 与小哥见面,它们叽叽喳喳,看起来很兴奋,不知道在讨论些什么,此刻周强明白了:鹦鹉之间有自己传递消息的方式。

那段日子,周强的生活温暖起来,也更有动力。照顾两个小鹦鹉,是李莉的嘱托,也成了周强的寄托。

周强也会经常给李莉发短信,跟她汇报 Andy 的情况。其实李莉并没有这样的要求。每天傍晚周强会小心翼翼地编写短信。删了写，写了删，二三十个字，总要写上半小时，内容也尽是 Andy 的一切。李莉有时候会回复"谢谢"，有时候回复个"好"。

那么简单的几个字，对于周强来说，也是有温度的。值得他在深夜里看了一遍又一遍。

周强期待李莉回来，她来取鹦鹉，他就能看到她了。

但是又怕她回来，她取走了鹦鹉，他们的联系就断了。

不管怎样，这件他即期望又害怕的事情还是来了。一句谢谢和几句客套话之后，李莉和 Andy 又消失在了周强的生活里，周强的生活又寂静了，他又陷入了无尽的沉默和思索中。

也许，该换一种生活方式了，他打算向前迈一步。

一周后的某天，周强意外地接到了李莉的电话："我喝酒了，来代个驾呗。"

周强飞一般的速度，收拾好自己，找到了李莉。

"你家在哪儿？"

"上车，直行。"李莉说了一声，鹦鹉 Andy 重复了一句。

周强安静地开着车，李莉打开了话匣子。

她说偶尔想逃出自己的生活。她说着自己的疲惫与追逐。她说着自己的叛逆与顺服。她说了很多，周强一直沉默着开车，李莉也尽情地诉说着自己。

周强一直开着，开出很远，李莉仍没有要转向的意思。直到周强开口问，李莉才让周强掉头原路返回。

到家之后，周强把李莉和 Andy 送到了门口。

李莉和周强道别后关上了门。

"我想请你喝杯咖啡可以吗？"一路上，这句话在她脑海里盘旋了很久，可最后还是没有说出口。

第 6 话

随后开门，周强有些惊喜。

"哦，对了，忘记付你代驾的钱。"李莉说完塞给了周强钱。

周强低着头，看着自己手中的 50 元钱，眼中闪过失落。

他以为这是朋友间的一次求助，他希望能跟她做个道别。

第二天早上，李莉收到了一份包子和一张纸条。

"感谢遇见你，虽然我们没能成为朋友。

"这是只为你做的包子，纪念着短暂的相遇。我离开了，去完成我该做的事。"

李莉心头一紧，有种难以形容的感慨和遗憾。

那以后，包子摊上周强再也没有出现过，没几天就换成了对夫妇。李莉还是会去买包子，尽管新的口味她很不适应。

在她不知道的地方，周强重拾了书本，回归了自己原有的轨道，这并不是他在向命运屈服，而是重新找到了拼搏的动力。

至少他要努力达到能够以平等的身份，去面对李莉，走进她的世界，和她成为朋友。

两年后的某天早晨，李莉来到了办公室，收到了一盒包子。李莉很意外，盒子上没有名字，只写着"新同事"。

李莉拿着热气腾腾的包子，她走出门，看到了一个熟悉的身影。

李莉高兴地说："好久不见。"

"你好，我是策划部的新同事，周强。"

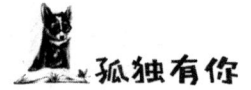 孤独有你

夏天的陪伴

  白蕊是个急脾气,做什么事情都很着急。匆匆吃早饭,匆匆去上班,匆匆地收拾屋子,匆匆地看完书……
  朋友让她慢点别着急,她说这是新时代的节奏,自己可一定不能落后。同事们受不了她急躁的性格,和她关系也不怎么亲近。
  其实她想改变,她也不知道心底哪来的这份焦虑。
  她对于改变自己,并不抱有什么希望。可有些改变,还是在悄然发生。
  路上,小男孩淘气地玩耍,不小心撞到了一个姐姐。
  那女孩用命令的口气说:"臭小毛孩,赶紧把我的书拾起来,弄坏我的书,你能赔得起么?"
  小男孩呆呆地站着,女生用力拽着他的衣服,小男孩吓哭了。
  白蕊听到哭声之后,迅速跑了过去,她捡起女生的书还给她,女生无理取闹地说:"你是谁?少管闲事。"
  白蕊抓着女生的胳膊,吼着:"别得寸进尺。"白蕊拿出了工作证,女生一看原来是警察,惹不起,她匆匆地走了。
  白蕊安慰小男孩,小男孩说:"谢谢姐姐。"

白蕊询问他的住处，小男孩指了指后边的街道，白蕊知道他是一个人偷偷溜出来玩的，决定送他回家。

小男孩的家看起来破破烂烂的，围墙边堆着很多塑料瓶。家中只有一位老人，白蕊猜想：这一定是小男孩的爷爷吧！

老人见来了客人，起身迎接，听了白蕊讲述事情缘由之后，向白蕊连声道谢。

白蕊转身要走，老人却让白蕊等一等他。

院子里满是鸡，老爷爷挺了挺胸脯，地面上的鸡对他这一突然的动作吃了一惊，扑楞楞飞了起来，鸡群乱了，它们互相拍打着翅膀，鸡毛布满了空中。

老爷爷穿过鸡群，来到不远处的河边，过了一会儿，小男孩手里拿着一只乌龟，送给了白蕊。

在小男孩的一再坚持下白蕊收下了礼物，她还没有养过这新奇的动物，决定试一试。

白蕊这才注意到，老人的脸盆里有不少乌龟。

她听老人说，他经常会将乌龟放生一段时间，有缘分的龟，都会回来看看他。

夏天的夜晚来得迟些，小男孩告诉白蕊，爷爷总是会在河边发呆，偶尔逗一逗小乌龟，和它们聊聊天，心情就会很好。

所以如果白蕊有什么心事，都可以告诉小乌龟。

白蕊感激，收下了这份有灵气的礼物，她看了眼时间，就快要错过今天的会议了。于是便急忙和爷孙俩道别，赶回去开会。

白蕊将乌龟拿回办公室,放在空鱼缸之中,里面加了点水,今天正好她值班,忙乎了一天之后,才有时间和乌龟聊聊天。

白蕊看了看眼前这只乌龟,虽然只有小小的身子,但背上却有着一个坚硬的壳,壳分成好几块,都是碧绿色,中间的壳颜色差不多,但大小不一、呈现六边形状,在六边形周围,有一圈环形的绿色圆边。

乌龟全身只有拳头那么大,它的头和四肢缩在龟壳里,总是躲得十分隐蔽,白蕊用手轻轻地动了动它,乌龟粗短的四肢踢出来,它的身子晃来晃去,小脚趾又尖又细,还长着脚蹼呢!

第二天,白蕊睁眼时,正想找小乌龟玩,发现它不见了,同事们看着她紧张的样子,纷纷帮忙寻找,他们一处一处地在每个角落都仔仔细细地找了一遍,白蕊心想:这乌龟一定是自己爬出来了,最后,在桌子缝隙之中找到了它。

同事们一起帮她,这还是第一次,白蕊收获了意外的温暖,她很感激。

小乌龟两颗眼珠骨碌骨碌地转着,它偷偷瞄了一眼白蕊,它用肢体缓慢地爬行。白蕊提着它的身子放回了鱼缸,小乌龟腾空着身子,肢体不停地翻腾,白蕊仔细看着它的趾头,趾头上长着又细又长的指甲。

小乌龟回到鱼缸中,一刻也没有安静,它伸长了脖子看着外面,小小的鼻孔微微颤动,白蕊猜想它可能觉得难受,一定是饿了。

白蕊吃早餐时顺便给小乌龟带了些,小乌龟看着眼前的蔬菜、米饭不理不睬,同事扔了一小片虾肉,小乌龟有了动静,白蕊走开时，它津津有味地吃了起来。

过了一周，同事们和小乌龟渐渐混熟了，白蕊和同事们的关系也亲近了不少，因为他们多了些交流的机会，也有了除了工作之外的共同话题。

白蕊轻轻触碰小乌龟，它摇晃着小尾巴，尾巴很细有两三厘米长。白蕊发自内心地觉得，这小乌龟给自己带来了好福气。

同事们有事没事就找乌龟逗逗乐子，他们把它放入水中，用手指轻轻推它，小乌龟一动不动，他们给乌龟起了个名字叫慢慢。

急躁的白蕊养了个叫慢慢的乌龟，这常常会成为大家调侃白蕊的话题。白蕊也乐在其中。

白蕊发现，有些改变，在不经意间发生。

白蕊去河边看望送她乌龟的老爷爷，老人听她诉说和慢慢的故事，还讲了他的故事。白蕊听得入神，心境也难得地放松了不少，她在回过神的时候，会惊讶于自己竟然有了一份耐心，去聆听别人的故事。

白蕊说："慢慢有时候一个人在发呆，它可能太孤单了。"

老爷爷让她再带一只乌龟回去，两只龟同处一室，鱼缸里热闹起来，同事们一有空闲就来逗龟，这已经成了习惯。

两只乌龟性格相反，慢慢有点内向，大白天懒洋洋地在鱼缸中睡觉。而另一只生性好动，总爱在缸中走来走去，扑腾着四肢，大家给它起了个名字叫勤勤，勤勤的到来改变了慢慢的生活习惯。它们有时候会一起玩耍，相互追赶嬉戏，白蕊发现慢慢的心情好了许多。

孤独有你

大热天，大家心情无聊，看着慢慢整天待在水里，同事们有心思带它出来散散心，有人想了一个好办法，白蕊在一旁呆呆看着。

他们找来一根细绳子，绳上系着一块肉，勤勤率先把头探出水面，用脑袋轻轻碰了碰肉，它绕着肉转了一圈，绳子被拉远，勤勤爬出水面，慢慢跟着它，它被晃得晕头转向。

勤勤选准方向，用头顶了好几下，肉从绳间脱落，它张开嘴一口咬住，吞进了肠胃。

同事从外边带回了小石头，鱼缸被装饰后看起来鲜艳多了。

白蕊幸福地看着这一切，她终于能够从忙碌的心绪里寻找到一片宁静，去感受那些美好的小事。而做出改变，也没那么难。

后记

 后记

　　有多少人，过着安稳的生活，却有着一颗漂泊的心。渐行渐远的岁月里，你以为会遇见更多人，却只遇见了孤独的自己。不管这是人生的试炼，还是命运的考验，我们都无法逃避。

　　也许只有到了许多年后，你才会发现，其实，每个人在每一段特定的人生里都有着不可剔除的孤独属性。

　　年少时父母出门的背影，在你的心底形成了孤独的倒影；城市中，街头人潮汹涌，万盏灯火却没有一盏为你闪烁，你只能努力地燃烧自己，来温暖自己的人生；婚姻里的爱情褪去了浪漫的浮光，表现出最现实的真相。柴米油盐浸泡着疲乏的爱情，当初两个人的浪漫憧憬，也许就成了一个人孤独回望；老去后，儿女有了自己的灯火和人生，一颗苍老的心，一个年迈的人，要如何度过属于自己的人生……

　　孤独有千万种，但其实每种孤独都相同。

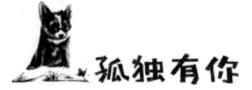
孤独有你

但还好那些岁月,我们有宠物为伴。

空旷的房间里,有了它的吵闹;夜晚的街头,它和你一起奔跑。

寻常的生活里,它单纯地给了你不少无奈和感动。

夕阳西下的路上,有着它的小小身影……

城市里的人,越来越孤独,但宠物不是救世主。它只是以最单纯的陪伴,唤起人心底的柔软,而这些温暖,恰好能完成人性里孤独的救赎。

如果此刻,身边的宠物与你为伴,珍重此刻的温暖。

图书在版编目（CIP）数据

孤独有你：人与宠物，谁更寂寞 / 布可小姐著 .—北京：中国华侨出版社，2017.5
　ISBN 978-7-5113-6788-4

Ⅰ .①孤… Ⅱ .①布… Ⅲ .①随笔 – 作品集 – 中国 – 当代 Ⅳ .① I267.1

中国版本图书馆 CIP 数据核字（2017）第 092954 号

孤独有你：人与宠物，谁更寂寞

著　　　者 /	布可小姐
责任编辑 /	文　蕾
责任校对 /	王京燕
经　　　销 /	新华书店
开　　　本 /	670 毫米 × 960 毫米　1/16　印张 /16　字数 /236 千字
印　　　刷 /	北京建泰印刷有限公司
版　　　次 /	2017 年 7 月第 1 版　2017 年 7 月第 1 次印刷
书　　　号 /	ISBN 978-7-5113-6788-4
定　　　价 /	32.00 元

中国华侨出版社　北京市朝阳区静安里 26 号通成达大厦 3 层　邮编：100028
法律顾问：陈鹰律师事务所
编辑部：（010）64443056　　64443979
发行部：（010）64443051　　传真：（010）64439708
网　　址：www.oveaschin.com
E-mail：oveaschin@sina.com